湿った時間

宇佐美宏子

鳥影社

湿った時間　目次

装画　加藤眞恵「牡丹」
装幀　中島かほる

湿った時間

木曜日の朝は何となく眩しい。窓からの光線だけではなく、私のからだの奥で激しく交叉する感覚が、熱を帯びるからだ。

夫の翔吾が開業している病院の休日が木曜日、この日夫の朝は遅い。私も、いつの頃からか子どもを学校に送りだし、その後夫のベッドに入って行くのが決まりのようになっていた。子どもは巣立ち、今は二人きりの生活になっているのに、その習慣は変えていない。

台所の匂いをまとった私のからだを、翔吾は撫でその匂いに口づける。私はからだを横たえながら、ひとつに結んだ長い髪を大きく振ってとき放す。つい先ほどまでの、ぴんと伸ばした背筋と母親の顔を払拭するために。

部屋の天井に取り付けられた換気扇から、外気が部屋を掠め、それと一緒に街の喧噪が微かに流れ込む。カーテンで覆われたベッドルームはまだ夜の延長で、空気も重い。外からの膨らんだ音も混ざって濃くなった時間は、かえって私のからだを高揚させた。

からだを離すと、翔吾はバスルームに消える。そのとき必ず、後から来るよね、と言葉に笑顔を被せ、言いおくのもいつもの癖だ。私は目で笑って頷き、バスタオル一枚を胸に巻きつけて、ベッドを直しカーテンを開ける。正午にはまだたっぷり時間のある光が、晴れた日も、いや雨の日でもまばゆく、目を細めて深呼吸をする。

　瞬間、からだの奥から流れ出た液が、内太股を這うように伝う。私の至福のとき。全神経を集中させる。肌が陶酔を覚える五秒ほどの時間。つい先ほど拭き取った体液ではなく、私の体内に何分間か留まっていた夫の名残の液は、温もりと粘りをもち、意思があるかのようにゆっくりと流れ落ちる。

　この陶酔感を若いころはそこまで気にしていなかった。慌ただしさのなかで済ませてしまい、気付かない時もあれば、布団の中で長時間過ごし、分からないこともあった。いや時には鬱陶しいと思ったこともあった気がする。四十代も半ばが過ぎて、時間に余裕ができ、からだのすべてが敏感になって、初めて味わえる幸せの感覚だろう。

＊

　公園の中ほどに建つマンションの十二階を、結婚と同時に購入した。三方に広いベランダがあり、木々の匂い、空の色、風の音にも季節の声を楽しめた。

　炎暑が過ぎ、風が軽くなった木曜日、電話が鳴った。

　翔吾と二人きりの遅い朝食を食べ始めてすぐのことだった。私は翔吾の方をちらりと見る。彼はいつも通り新聞を横目で見ながら、ゆっくりと箸を運んでいた。

私は休日の朝の電話を訝りながら、受話器を取った。

相手は私が現在住んでいる愛知県ではなく、岐阜県警の、と言ってから自分の名を早口で名乗り、返事も待たずに喋り出した。

「岐阜の多治見市に住んでいる浅井杏子《ようこ》を御存じですね。昨日の朝、杏子は夫を殺害して現在逃亡中です。そちらの方に連絡がきっといきます。電話があれば必ず知らせて下さい。こちらの電話番号を言います」

幾分命令口調で言いメモして下さい、と言葉を足した。咄嗟に話の内容が把握しかねた。

受話器を持つ手に、殺害という言葉の重みがかかり、力を入れて持ち直す。

「杏子がどうして多治見市に？　それより何故私の所に連絡があると断言するのですか。杏子とは長い間行き来は途絶えています。昔の友だち、というだけです」

自分の声が上ずっている事を自覚しながら、私は胸の高鳴りを左手で強く抑えた。

「浅井の家の電話帳にそちらの番号が書かれていました。それも赤丸で囲ってね」

穏やかな声だが有無を言わせない力強さがあった。

「電話があると我々は判断しました。必ず岐阜県警に通報して下さい」

何度か念を押して電話は切れた。

私は途中から翔吾の視線を感じていた。

杏子は、此処十年ほど音信はなかったが、私の高校、大学を通じての友だちであり、翔吾の大学時代の仲間だったからだ。

翔吾に電話の内容を話しながら、頭のどこかでこの話は間違いだ、そんなはずはない、と否定していた。だが自分の声の震えで、現実を認めている私もいる。

二人で新聞を広げた。だがどの紙面を探しても、それらしい記事はなかった。テレビをつけ、ニュース番組を追いかけたが、該当する事件はなかった。

先ほどとうって変わり、部屋の空気がわだかまりで堅くなり、私は無理に翔吾に話しかける。答えのない短い会話が二人の間を行き来した。

杏子は名古屋の大学を卒業し、東京で就職した。最初の一、二年は稀にだが絵葉書のやり取りがあった。いや、年賀状と暑中見舞いだけだった気もする。だが私と翔吾との結婚披露宴には日帰りだったが出席して、挨拶もしてくれた。

そのあとも、相変わらず行き来がなかったが、ある日突然、薄い封書が送られてきた。

『式も披露宴もせず、籍だけ入れました。夫の連れ子の男児と三人で暮らしています。子どもは私にとても懐いています』
そっけないほど簡単に書かれた、結婚の報告だった。手紙の最後には、浅井杏子と署名があった。
私は、見知らぬ浅井という姓を、暫く見つめた。手紙の字は筆圧の強い癖字で、まぎれもない杏子のものに間違いなかったが、浅井にも結婚にも、戸惑いを隠せなかった。そのうえ封書には、浅井杏子の住所が書かれてなかった。
私は、文字を掌でさすり、とうとうこの時が来た。これは絶縁状だと、翔吾に見せた。あのとき少し泣いた気がする。手紙の消印は東北の海辺の町だ、とつぶやいた翔吾の言葉が、滲んだまま心の奥で凍結した。

＊

翌日の朝刊に事件は載った。だが岐阜県警からの電話で聞いた以外、何一つ書かれていない。確か息子がいたはずだと気づき、翔吾に問いかけたが、何も分からないのはお互いで、顔を見合わせただけで終わった。

だが簡単な囲み記事なのに、殺されたという男の顔写真が載っていた。杏子の夫、浅井という男だ。私は小さくて不鮮明な写真を何度も見つめる。私も翔吾も見知らぬ男だった。

朝の慌ただしさのなか翔吾の出勤時間となり、一階の玄関ホールまで見送る。日常の行動なのに、言い忘れた言葉があるようで、翔吾の手を離さずに歩いた。彼の気持ちの重さが掌から伝わる。

翔吾は、佇む私の前を数歩行ったところで振り返り、何か分かったらすぐ病院の方に連絡するように、と朝から二度目の言葉を繰り返した。

私は出来るだけ平静を保ちたかった。無理に笑って、弾んだような声で言葉を投げた。

「最初に連絡するのは岐阜県警、愛知県警。それともあなたに、ですか」

「勿論おれに、だ」

翔吾は、心配するな、と私に合わせて笑顔で言い、後ろ姿を見せて軽く手を振った。言葉とは裏腹に肩のあたりが緊張している。彼の影が少しずれて見えたようで、急いで瞬きを繰り返した。

翔吾が名古屋駅前のビルで開業して十年余となる。医療コーナーの一画での診療だが患者数は確実に増え、今では週の半分ほど、私も受付を手伝ったりしている。週末の金曜日は決まって忙しい。だが家を離れたくなかった。電話がかかるとすればここにかかるはずだ。今日は一日家にいようと思い、大きく息を吐いた。

昼近くまで家事に追われて時間が過ぎた。いや無理に杏子の事件を考えないように努めた。だが気が付くと、頭の片隅に杏子の勝気な横顔がちらつき、気配までもがかすかに兆す。彼女は小柄な私より十五センチほど背が高く、見下ろすような凛とした仕種で、ユキだけには負けたくないわ、と私の額を指でつつき、強く言い切っていた。その声までもが耳の奥で反復した。

何気なくベランダからエントランスを見下ろすと、男が二人木の陰に隠れた。マンションの住人でないことは、十二階の高さがあっても充分分かった。見張られていることに初めて気がつく。やはり杏子がここに現れると刑事たちは踏んだのだ。

マンションの門を入ったすぐ横に色付きはじめた桜の老木があり、初秋の陽が影を濃くしていた。刑事らしい男は何気なさを装って、影を揺らした。

＊

翔吾の帰宅時間は毎日同じで午後八時。いつもより長く感じた二日目が終わり、夕食の後片づけを済ますと、私は心のざわめきと、風紋のようにできた屈託を、待ちかねたように翔吾に投げつけた。

杏子の夫は何をしている人なのか。結婚生活に歪みがあったのだろうか。諍いの原因は何だろう。それより何故逃げたのか。自首は考えなかったのか。助けを求めるように翔吾の顔を見つめ、答えを探した。

「私には分からないことばかり」

つぶやくように言ってみる。

「分からないのは俺の方さ。俺よりお前の方がずっと親しかったじゃないか」

矛先を私に向けられ、会話が途絶えた。翔吾の言葉は決して冷たかった訳でもないのに、私の胸に漠とした不安が広がった。

私の脳裡を時空の景色が舞う。徐々に思考の射程が長くなり、過去の屈折した闇を自ら手繰り寄せていた。

＊

杏子と私は郷里が同じ四国で、彼女は一年先輩。私が杏子の後を追うように、同じ名古屋市の大学に入学し、彼女の部屋に転がり込んだ。杏子の執拗な誘いがあったからだったが、あこがれの人と一緒に住める幸せに、私は有頂天だった。

高校までの杏子は陸上部に所属していて、ボブショートの髪を揺らしていた。私服はいつもジーンズにセーターかシャツ姿。日焼けした顔が眩しかった。免許を取ってからはバイクを乗り回していた。

彼女が陸上を止めたのは、その単車の事故で怪我をしたからだ。だが、受験勉強中の私には詳しい事情の説明もなく、事故後すぐ大学入学のため四国を離れた。

一年ぶりの再会だったが彼女は変わっていなかった。すべてをそぎ落としたようなファッションは、男女の区別がつきにくく、よく男性に間違われると皮肉っぽく笑った。

その時何故か私は、杏子の上に、凍った青い花を重ねていた。

高校時代のいつかの夏。阿波踊りの夜。アーケードのある繁華街に飾られていた氷のオブジェ。氷柱のなかに、桔梗《ききょう》の花弁を大きくしたような、紫がかった青い花が閉じ込められていた。杏子と二人で笑いながら氷に触り、ふざけあって、お互いの頬を両掌で冷やし、浴衣を濡らした遠い思い出。

以前から杏子は清冽すぎる危うい気配と、誰とも群れない冷たさがあったが、この時には前にも増して孤独な怖さのようなものがあって、忘れ去っていた過去の凍った青い花が彼女と重なり、一緒に揺らいで見えたのだ。

翔吾はその時杏子の友だちの一人として私の前に現れた。医学部の学生で、趣味は麻雀とバイク。杏子とはツーリング仲間だと自己紹介した。背の高い二人が並ぶとあまりにもまぶしくて、どこにいても輝いている杏子を誇らしく見つめたものだ。

杏子の部屋は、コンパクトなトイレとバスルームが付いた学生向けのワンルームマンションで、二人で住むには狭かったが、内装も洒落ていて快適だった。

そのアパートに翔吾の友だちも出入りしていて、週末には酒を持ち寄り、宴会が繰り返されていた。私も杏子も酒なら何にでも強く、酔って眠ってしまった男たちを二人で外へ引っ張り出し、追い返しては大笑いしたものだ。

そんな時翔吾だけは別で、いくら飲んでも崩れず、三人での酒盛りがまた始まるのだった。深夜、翔吾は杏子と肩を組んで彼の下宿に帰って行く。杏子は、翔吾を送って行く、と私に言葉を残したが、帰って来るのは殆ど翌日の昼過ぎだった。

翔吾の通う大学も私たちの女子大も同じエリアにあり、駅にも近く、娯楽設備も充実していて、あの時期、女二人は初蝶がもつれ合って飛ぶように、毎日浮かれてじゃれ合っていた気がする。

同じ女子大でも杏子とは学部が違った。私はデザイナー志望だったが、彼女は文学部に籍を置き、少しの時間を見つけてはエッセイなどを書き、雑誌に投稿していた。

*

一緒に住み始めて六ヵ月ほど経った、秋も深まった夜だった。

私は進級に必要な出された課題に取り組んでいた。杏子は普段通り今話題の小説を読んでいる。隣のテレビもその日に限って聞こえてこず、静かさが幾分空気を緊張させていた。

杏子が突然ノートを広げたテーブルに両手をつき、私の顔を正面から見据え、はっきりした声で言った。

「男と寝たことある」

「ないわ。以前酔った時告白したでしょう。あの時杏子さん、いつになく執拗に聞いたから……」

「嘘だと思ったからもう一度聞いたのよ。信じられないから」

急に後ろに回り、私の両肩に手を置いて顔を覗きこむ。杏子の息がうなじにかかり、私は首を振って彼女の顔から逃げた。

「ねえ、遊ばない。教えてあげる」

言葉と同時に後ろから乳房を握られた。その手でゆっくり、ネグリジェを肩から滑らせた。

「もちろん女は知らないでしょう」

彼女の言葉は、まるでエロスの塊みたいにねっとりと私の肌に絡みつき、有無を言わせず押し倒された。

杏子の厚い唇が私の全身を這う。肌が一瞬にして熱をもち痺れていく。だが思いがけない成り行きに、頭の片隅では映画の一シーンの如く、自分とは関係ない場面だと、視点をずらし俯瞰している冷ややかな私がいた。

「こんなやり方、知っている？」

いうなり舌が私の唇を割る。あまりに激しい唾液の愛撫に息が出来ず、無意識に私はからだを引いた。だがそこまでだった。私は両手で杏子の胸を押し離しながら、下半身を擦り寄せたのだ。

「すべてを忘れさせてあげる」

確かに杏子はそう言った。その辺りから私の思考がずれてきた。心臓を絞られるような刺激が快感にすり替わり、理性が溶け崩れた。

杏子は有無を言わせない力で私を仰臥させた。両膝を立てさせ、股間に彼女は顔を埋める。未知の感覚が私の身体をかけめぐる。私は力を入れて杏子の頭を抱いた。彼女の髪の匂いが私を刺激した。

気がつくとお互いの乳房が柔らかく重なっていた。肌と肌がぴたりと吸い付き、身震いしそうな快感がまたしても全身を走る。私は人形のように何もせず、なにも出来ず、杳子の首に手を廻しているだけで、快楽の波間を漂っていた。

私は男を知らなかった訳ではない。高校時代にはボーイフレンドもいたし、担任の男性教師とも秘かに逢ってもいた。それが未熟なままごと遊びだったかと思えるほど、杳子の舌も指も私を痺れさせ、ときめきに溺れさせた。私の肌に滴るのは杳子の唾液か体液か、私の秘液だろうか。

彼女が好んで穿くトランクスは、足の長い杳子によく似合った。高校時代からのバイク好きは名古屋に来てからも同じで、いつも男たちを威圧していた。いやだからではない。性癖は別だ、と彼女を眺めながら考える。では私はどうなのか。夜はまだ浅かった。

＊

杳子とはその後何度抱き合っただろうか。そのつど彼女と翔吾との関係が気になった。

「翔吾は友だち。それ以上でもそれ以下でもない。キスもしたことがない」

おどけたように節をつけて言う杳子の言葉に、納得できなくて私は詰め寄る。

「だって送って行くといって、帰宅はいつも翌日の昼過ぎよ」

「ああそれね。ユキには言いたくなかったけれど、秘密にもしておけないわね」

杏子は、少し言い淀み、声のトーンを落とした。

「翔吾は悪の顔も持っているのよ。彼が下宿している古い家の離れ部屋はね、母屋から相当離れているの。ここは麻雀仲間の溜まり場。学生からサラリーマン、小指のない刺青者まで、出入りしているわ」

杏子は私の顔色を窺いつつ、楽しさを抑えたような言い方で、私もその仲間のひとり、と言い足した。

翔吾が麻雀好き、ということは聞いていた。だが私は杏子に関しては、何一つ聞かされてはいない。

「ここでの麻雀は単価の大きな賭け麻雀。週末の深夜から翌日の正午まで、博打場よ。捕まれば『賭博開帳図利《とり》』という罪になるわ。でも麻雀をしてお金賭けない人っているのかなあ」

肩をすぼめ、杏子の眼は悪戯をした子どものように表情を崩した。

「ユキには、黴の生えたような暗い場所は似合わない。汗や息の臭い男どもにも近付いてはいけない」

片掌で私の背中をさすりながら、

「私が守ってあげる」

と、顔を近づけ、耳から首にかけて息を吹きかけた。

「翔吾さんを好きだと思ったこと、杏子さん、今まで一度もないの」

「もちろん、ない」

目もとで笑いながら、言葉だけは強く言いきった。

「私、男だから」

自分の言葉に杏子は苦笑し、男だから、ともう一度言い重ね、今度は体中で哄笑した。

麻雀の話を聞かされてから気がつくと、翔吾も彼の友だちも、私たちの前から徐々に姿を消し、頻繁にあった飲み会も遠のいていた。私は一抹の寂しさを覚え、二人だけの終わりのない泥沼に、息苦しさを覚えるようになっていくのに、時間はかからなかった。

抱かれている時は陶酔していても、からだを離した直ぐ後から、物足りなさを感じ、隙間風が吹き、からだのもっと深い場所が疼く。

だが何かの折にふとお互いその気になり、ゲーム感覚でキスをし、乳房をまさぐり、成り行きで最後までいく、という行為は彼女と暮らした三年間の日常だったのだが。

私のなかで日々何かが崩れていった。子どもの時から必死で摑み取ろうとしていた夢のようなもの。前途に広がる憧憬も、すべて色あせて泥に混ざってしまうような不安が澱のように溜まる。杏子のからだから逃げたい衝動が強くなり、杏子が嫌いになった訳ではないのに、その行為に嫌悪を覚えるようになっていった。何もなかった元の関係に戻りたいと、痛切に何度考えたことか。

私のなかで違った欲求が強く渦巻いた。

＊

杏子が私の肩を嚙んだ。

「痛い！　いや！」

思った以上の大声が出た。

軽く歯型をいれただけの嚙み方だったが、私には大きなショックだった。痛くされるのも、相手に傷を負わせるのも私は好まない。杏子が今までノーマルだったからこそ、続いていた関係だと思っていた。

「軽く愛撫しただけよ。大げさすぎる」

気分を害したのだろう、声に棘があった。

「痛いのは嫌いよ。優しくしてって、今までに何度も言ったわ」

甘えたように、少し媚びたトーンで言ってみたが、杏子は素早くからだを離し、裸体のままバスルームに消えた。

左肩が熱を持ったように疼く。鏡に映してみると、薄く血が滲んでいる。

杏子の態度がこの頃から変わってきた。私の変化に追随するように。これまでになかったような激しさが増し、サディスト紛いの行為も平然とする。その度ごとに私は恐怖心がいっぱいで、もっと優しくして、とからだを離そうと試みるが、彼女は無視し続けた。私のからだが、以前ほど昂揚しなくなったのを、彼女は敏感に感じ取っていたからだろう。

それでも杏子の方から誘ってくる。私は逆らえず、いうままになびいた。

杏子は大学を卒業し、東京の出版会社に就職した。

別れの日、彼女は私の両頰を掌で包み、軽く唇にキスをして、指で額を三度突き、去って行った。後ろ姿が毅然として、真っすぐな背筋に強い愛惜を感じ、私は硬い表情のまま見送った。

翔吾が、野郎ばかりの飲み会だけれど、ユキ来ないか、と電話があったのは、ひとりになって一ヵ月もしないうちだった。

私の日常は大きく変わった。

翔吾のハーレーの後ろに跨り、風を切って走り、心が新しい色に染まって行くのを感じていた。

アクション映画を観ての帰り、彼の行きつけの店だというワインバーに誘われ、ビンテージのワインを飲んだ。

杏子が、黴の生えたような部屋と言っていた、翔吾の古びた下宿部屋で目を覚ました。都会の中の隠れ家のような部屋は、名も知らぬ小鳥のさえずりとともに、時が流れていた。

結婚という二文字が、翔吾の口から頻繁に出るようになって、彼の国家試験合格と同時に入籍した。双方の親たちの祝福のもとに。

＊

マンションの周辺に、刑事らしき人影を感じながら過ごした。私は落ち着かなくて、でも家を離れることが出来なかった。仕事も休んで、気がつくとベランダから下を見ていた。

夕方になると決まって岐阜県警から電話がかかる。一方的に連絡があったかと訊かれ、こちらからの問いには何も応えてはくれず電話は切れる。新聞に二度目の小さな記事が出たが、最初に載った事柄以外に情報はなかった。

四日目の夕方、いつもの刑事から電話が入った。

「浅井杏子は金を持っていないと推測されます。因って必ずお宅に電話がかかります。岐阜県警に……」

「息子さんがいますよね。その方、今どうしているのですか」

私は相手を無視して訊いた。

「息子は一人で家にいます。婦警が付いていますが……」

刑事は後の言葉をためらった風に濁し、

「分かりました。これは外部には流れてない情報ですが」

と、それでも幾分躊躇をみせ、その代わり協力お願いします、とその言葉に力を込めた。

「朝、夫婦喧嘩の声で目を覚ました中学生の息子が台所に行くと、杏子が包丁片手に立っていたそうです。父親が倒れていて、血が床に多量に流れていて。まあ、悲惨な状況だったらしいです。杏子は、このまま逃げるから君は学校に行きなさい。夕方帰ってから警察に電話するように、と言い、財布を息子の手に握らせたそうです。おかあさんはお金持ってないかも、と息子はそう言っています」

刑事はいくぶん湿った声で一気に喋り、息子が登校した時間から、下校して警察に電話するまでの間、杏子は逃げる時間稼ぎをしていた、と多少の猜疑のある言い方で、電話を切った。

急に薄暗く感じた電話の周辺に、まるで闇が絡みついているようだ。息苦しさから喉の渇きに気付き、ペットボトルの水をコップに注ぎながら、私は現実の凄惨さにその闇から目が離れなかった。息子は義母との約束を守り、黙って授業を受け、夕方岐阜警察に電話したのだろう。杏子を守るために。彼女の逃亡を助けるために。

喉に流し込んだ水が、コールタールのように黒く粘りをもち、闇と一緒になって胃に絡みついた。

*

私は今までの杏子との関係に、多少の後ろめたさはあっても、罪悪感などなかった。隠すという強い意志もなかった。遊びの延長、戯れだと思っていた。

だが、事件が起きてから、私は帯状にたなびく記憶の端を、時間があれば手繰り寄せていた。翔吾は、私と杏子のことをどこまで知っているのだろうか、と初めて心の軋みを真っすぐ見つめた。過去の自分の顔が溶明し、まるで時を溶かすように広がった。

この日夕食後、翔吾に杏子の息子の事を話した後、思い切って言葉にした。

「私と杏子との学生時代の関係、噂か何か知っている?」

「ああ、何となく、知っていたよ」

あっさりと、素っ気なく、翔吾は笑顔で答えた。

「そんな私嫌じゃなかった？」

「嫌なら結婚してないよ」

「男嫌いと思わなかったの」

「ユキが男嫌い？　まさか！　俺は初めからユキを狙っていたし、会った最初から結婚しようと決めていた」

事もなげに言って、杏子との関係に拘っているのか、と私の顔を覗きこんだ。

「私なら嫌だわ。ホモの男とは絶対セックスできない」

翔吾は声を出して笑った。

「勝手なユキだね、自分を棚に上げて」

と言い、また笑った。

「誰にだって傷はある。俺にも後ろ暗いことの一つや二つあるさ。賭け麻雀だろ。パチンコで玉を金に換えたことだってある。これも法律違反だ。裏切りも嘘も人間だから当然。殺人だけは別だけれどね」

最後の言葉だけをトーンを変えて言い切った。私は思わず杏子を庇う。

「杏子には大きな闇があったのよ。男でも女でも溶かすことのできない、トランスジェンダーという血の色をした闇だわ」

表情を硬くした翔吾は、小さく首を振って俺には分からない、と呟いた。

「わたしの所為かも……」

翔吾の目を見つめながら、何度も繰り返し考えていたことを、口に出す。

「生きているということは、知らない間に相手を傷つけることもあるし、その逆もある。ときには失敗もあるしね。ユキが悩んでも仕方のない事さ」

翔吾の応え方は、0《ゼロ》を掛ける掛け算のように、答えをいつも0にしてくれる。温かさと優しさで包んだ解答は、穏やかな言い方と混じって、過去のすべてがなかったような気持ちにさせてくれた。それなのに私はいきり立った。

「私は誰にも傷つけられていないわ。無傷で楽しんでいるだけ。ずるく自分の得する方にすり寄って行くのよ。いつもね。だから自分が今、たまらなく許せない」

私はその言葉を、翔吾にぶっつけているこの場の自分にも激しい嫌悪を感じて、自分の両頬を何度も叩いた。

「いいから、もういいから」

私をもてあまし気味に、翔吾はワインセラーを開ける。

「飲み足りないのだろう。憂さを晴らせよ」

二つのグラスに注がれた濃く重い液体は、凝縮された翔吾の優しさで、私は自分の邪気を飲み干したいと、一息に呷る。

「私、終始このようにしてずるく生きているのだわ」

翔吾は応えず、私のグラスに、ゆっくりと二杯目のワインを注いだ。

＊

事件は進展せず一週間が過ぎた。

私は終日杏子の事を考えて過ごした。今は杏子の事だけを真摯に考えたいと、自分を縛ったのだ。

彼女との出会いも、いつ追想しても眩しいくらいに煌めいていて、彼女の肉のついていない細長い指が、絶えず私を手招いていた。

私が高校に入学した春、一年先輩の彼女は二、三人の男子部員を従え、陸上部に入らないか、と誘ってきた。運動すべてが苦手で興味もなかった私だった。その場で当然のようにきっぱりと断った。杏子はその時は笑顔で私から離れ、その後真っすぐ、時には強引すぎる絡みで、私の傍に歩み寄ってきた。

だが逆に、私が杏子に夢中になるのに時間はかからなかった。

大人びた杏子は魅力的だった。ボーイッシュな姿態は美しく、生徒から先生までも虜にしていた。陸上競技でも、ハードル競走の県の記録も持っていて、颯爽としていた。私の日常は幸せで満ち溢れ、私は私なりに杏子に気に入られようと、ずっと横顔を眺めていた気がする。

お互いの肩を抱き、手を握り、髪に指をからめ、額をくっつけ、高校時代はそこまで止まりだった。いや杏子が私の頬に口づけたことはあったかも、とその時の場面が揺曳する。

私は毎日が充分満足だった。だが果たして杏子はどうだったのかと、記憶をトリガーとして埋まっていた感情を呼び起こしたが、何一つ手掛かりはなかった。

杏子が結婚した。まさかの結婚。当初そのことの不思議にどれほど驚かされたことか。杏子にとって、結婚は隠れ蓑だったのだろうか。それとも結婚生活自体が、彼女の本心だったのか。

「サッフォーって女性、知っている？　エーゲ海のレスボス島に住んで、少女を集めて詩や音楽を教えていた女流詩人」

杏子がそんな話をしたことがあった。

「レスビアンのことをサッフィズムというでしょう。そういう俗説があるからよ」

小さな島で、ジェンダーを超えて住みたいなあ、とため息交じりに語ったのはいつだったか。杏子の就職が決まった後だった気がするが、今では記憶も滲んでいる。

思いを中断させてベランダに出る。いつものように門の木陰を窺う。気配が視野のなかで揺れた。

正午過ぎの影は小さく濃い。気持ちを晴らすつもりで空を見上げた。

雲ひとつない青空がまぶしく目を射る。ベランダに敷き詰めた人工大理石に、私の影がくっきり形取っていた。自分の影を数秒間強く見つめる。そのまま真上の空を見上げた。私の影が真っ青の空にくっきりと映し出される。影は黒く、光の粒子の中で固まったように張り付いていた。

「影映し」小さな子どもの遊び。たわいもないこの遊びを杏子が教えてくれた。それも高校時代に。一時期何が面白かったのか、興じたことがあった。夢を語り、空に映った自分の影に明日を占い、友情を誓った。影という酷薄な闇が空で踊っていても、誰も気付かない青空だった。

今日の空は、まるで私の日常まで吸い込みそうな深い青さで、挑発するように光の粒子を集めている。

負けては駄目だと、抗うように強く睨み返した。

＊

リビングで電話が鳴った。一日に三回ほど翔吾からかかって来る。多分夫からだと何気なく取った。

「ユキ」

唐突な声は、一瞬にして私を大きく揺さぶった。

「ユキ、お金を貸して」

切羽詰まった瞬間だろうに、それでも力強い声は杏子の懐かしい声だった。

「何処にいるの」

「夕方六時に名鉄名古屋駅の一番ホーム、最後尾の車両付近にいるから」

短い会話で切れた。受話器を持つ手が震えていた。

翔吾に電話をかける。それと同時に部屋を飛び出した。少し多めの現金は巾着袋に入れて用意していた。タオルとティッシュをそこに詰め込む。

駐車場に行きかけ、地下鉄乗り場に走る。渋滞する車より早く着く。

地下鉄に飛び乗って初めて気付く。刑事の存在に。見渡すがそれらしき人はいなくて、それでも身体を硬くして、周りを窺った。

岐阜県警に知らせなければと、杏子の電話の直後から思っていた。思っているのに携帯電話を握りしめたまま、指は動かない。頭の中で翔吾に救いを求めている私がいる。あなたが判断してと叫んでいる私がいた。

地下鉄の中は学生であふれていた。笑い声が私の頭に刺さるように響き、会話が凶器のように踊った。落ち着かなくては、と自分を叱咤する。私は杏子を逃がそうとしているのだろうか。答えが出ないまま名古屋駅に着いた。

名鉄の駅まで、地下街を走る。時間はたっぷりあるにもかかわらず、必死で走っている私がいた。

一区間だけ切符を買い、ホームに出た。後部車両は遥か向こう。ゆっくりと歩きながら前方を凝視する。夕方のこの時間乗降者で人が溢れていた。杏子の姿は見えない。目を左右に泳がせるが、見つけられない。焦りが恐怖に変わる。杏子さん、と叫びたい声を噛みしめて、目は周囲を走らせる。

黒いシャツに黒い野球帽をかぶった杏子の姿が、まぎれもない杏子が、一車輌半ほど前に立っていた。背筋を伸ばした、きりっとした姿勢で。人込みの中に紛れても、ひとりだけ目立っていた。

駆け寄ろうとした瞬間、数人の男が杏子に被さった。一瞬だった。

男たちに囲まれて、杏子が私に向かって歩いてくる。刑事がとっさにコートらしきもので隠した手錠が、周辺の空気を異質に変えた。

杏子と目が合う。すれ違った時、彼女は、微笑んでいるかのような表情で、小さく頷いた。後に杏子の髪の匂いが残った。野球帽をかぶっているのに、昔の気配を孕んだ匂いが私を縛った。

私は、彼女の後ろ姿を放心状態で見送っていた。杏子が視野から消えても、その場から離れられなかった。

列車が動き出す。杏子を乗せなかった車輌は、湿った夜陰に溶け込むように、遠ざかった。

肩をたたかれ、我に返る。翔吾が私の手を握った。暖かさが私を包んだ。

「あなたが県警に電話してくれたの」

「ああ、ユキからの電話の直後にね。でもお前にもしっかりと尾行が付いていた」

穏やかな翔吾の顔に、全身の力が抜けたようになり、彼の腕に顔を埋める。何故か胸の中でトレモロが大きく響いた。すべて終わったのだろうか。

駅の騒音は周囲の空気を包みこみ、膨張させる。駅舎全体が鉛色に揺れて見えた。

「杏子はユキの顔が見たくて、ユキに逢いたくて、お前を呼び出したのだ。捕まるのは覚悟の上で……」

翔吾は暫く間をおいて、呟くように言った。

「夫を殺すほどの動機はなんだろう」

声は滲んでホームの雑踏に消えた。


（了）

淫雨

故郷の徳島市へは、名古屋から新幹線とバスを乗り継いで四時間余り、やっと着いた正午前の徳島駅前は空が重たく、一時的に上がっていた六月の雨がまた降って来そうな兆しだった。

湿って褪色したような辺りの風景に、もたれるようにして眉山《びざん》を仰ぐ。山は早くも水の帳《とばり》にうるみ、いつもは優しい眉の形をした稜線が、歪んでくすんでいる。生温かな風に乗って雨粒が頬に当たった。

母が徳島市内の介護施設、名月苑に入所して二年が過ぎた。母のからだはどこも悪くはなかった。だが認知症で言葉を失い、会話がまったく成立しなかった。自分の身の回りのことも、健常な人の三分の一ぐらいは出来ただろうか。ちぐはぐな服の着方に、手を貸さなければ一日が始まらない毎日だった。

併設している病院の院長でもある苑長が、私の学友だった縁で母を預け、私と大阪に住む妹が、一ヵ月置きに交代で母を見舞っている。だがすべてを病院に任せての介護に、胸の奥底の疼きを自覚しながら苦笑する。姉妹そろって母を引き取る、と口に出さない卑怯さに、私は自分の薄情さを見ていた。

介護施設は駅から車で二十分足らずの、広々とした田畑のなかにあった。広い駐車場の向こうは山裾に繋がり、幾棟もの病棟と施設が、モノクロームのなかで漂っているようだった。私は駅に降り立ったときの景色の触感を拭えないまま、ドアを押した。

いつものように苑長と軽い冗談めいた挨拶を交わし、気持ちを切り替えて母のベッドの横に立つ。昼寝の時間らしく母は静かに寝入っていた。

「百合子さん」と小声で呼びかけたが、自慢の小さい口元を、きゅっとすぼめた安らかな寝顔のままであった。

口紅だけは今でも毎日つけていますよ、と若い看護師から聞いていた。化粧気のない素顔に、牡丹色の口紅がそこだけ変に生々しい。私は複雑な気持ちで立ったまま見つめていた。

病院から電話を受けたのは一週間前、津川幸夫さんという方を御存じですか、と母の担当の看護師からだった。いいえ、と即答した。

「百合子さん宛ての封書が度々来ます。すべて布団の下に隠していますが、その方が先週来られて、百合子さんを散歩に連れ出しました。ゆりさんゆりさんと親しそうで、それに百合子さんが喜んでついて行かれたので、心配しながらも外出許可を出しましたが、やはり不安で……」

私に心当たりはなかった。反対する親を見捨てるように故郷を後にして三十九年になる。その間殆ど帰ってはいない。母の交友関係をどこまで知っているのかと考えたが、分からない方が多かった。

枕の下から封筒が少し見えていた。そっと抜き取る。内心気持ちは複雑だった。読んでいいものかどうか。一瞬躊躇する自分の気持ちを抑えた。今の母は殆ど私を認識できない状態だったからだ。

封筒は太い大きな字で、間違いなく母の名前が書かれていた。裏を返すと、この施設のある場所から車で二時間ほど距離のある隣県の住所が書かれていて、津川幸夫とある。私の心の中に、風紋のような屈託が流れる。

便箋には、ゆりさんは昔のゆりさんのままだ、とか二人で行ったドライブが楽しかった。来月また逢いに行くから、と若者のようなトーンで書かれていた。

母の痴呆の症状は、言葉も記憶も忘れたようにいつも微笑んでいる。気に入らない時は眉間に皺を寄せ、首を横に振って、拒否を表すだけだ。おむつはしているが食事は器用に自分で食べる。足も達者で苑内を一人で歩き廻っていた。

津川という人を母は知っているのだろうか。いや分かっているのだろうか。

三通あった手紙を読んだが、同じような内容で、どのような人物か、母との関係も分からなかった。病院の看護師に訊いても、白髪の七十半ばの男性ですが、溌剌とした陽気な方で、いつも四輪駆動車で来ています、というだけで他に情報はなかった。

母の痴呆は父が徳島県警を退職してから始まる。父が毎日家にいるようになって、直ぐに始まった。

父と母の関係は結婚当初から歪《いびつ》だった。父に逆らう事は一切許されず「はい、そうです」と答えなければならない母だった。質問もましてや反論など出来ない。私の子ども時代でも、父が家にいるだけで、母だけでなく子どもたちまで緊張を強いられた。

父は、在職中は多忙な仕事にかこつけて留守が多かった。母は父のいない時間を、のびやかに明るく過ごしていた。母の明るさは親戚や近所中でも人気があり、人の出入りも多かった。だが父が家にいると、気難しい父を嫌って、誰一人訪れる人はいないのだ。

父がすべての職を退いた後、夫婦だけの生活になり、母は固まったような笑顔を顔に張り付け、徐々に言葉を失い、こくりと頷くだけになっていったようだ。

このような母を、父は一人で介護していた。母の異常を誰にも言わずに。

父が脳梗塞で急死して、初めて母の痴呆を子どもたちは知った。

葬儀を終え、父がいなくなっても、母はもとの百合子には戻らなかった。父の死をどこまで分かっているのかも、見当がつかない。

私たち姉妹は、それぞれに故郷を離れ他県で暮らしている。母を誰が引き取るか、母の意見を優先しようとしたが、母は首を横に振り続け、母の兄弟が住むこの街に住みたいのかと訊くと、大きく頷いたのだ。

津川幸夫という男の存在を妹も知らなかった。電話での問いに、まさかあの母が、あの母に限って絶対にない、と取りあう事さえしなかった。

私は津川の住所を頼りに、電話案内で調べ、直ぐその場で電話した。

電話に出た男の声は思ったより若々しかった。隣県の高知訛りも歯切れがよく、想像したより若さを感じた。津川幸夫さんでしょうか、との問いかけに、始めは驚いた様子だったが、すぐ事情を察して「ゆりさんのお嬢さんですか」と弾んだ声を出し、自分はゆりさんより五歳若い七十四歳だと、爽やかに応える。

「ぜひ逢いたいです。今からそちらに行きます。二時間半待っていて下さい」

少し訛りのあるアクセントで、電話は切れた。

ゆりさん、ですか、と私は津川の言葉を反芻し、母に視線を戻した。どの角度から見ても、鮮やかな口紅の色が艶めいている。父が嫌っていた色だった。父の生前には母はつけなかった色だ。いや、一度だけつけたことがあった。あの日の父の罵声を今でも忘れない。牡丹色は娼婦の色だ、と決めつけた父独特の差別語は、思い出すたび胸が震えた。

津川は夕方近く皆の証言通り四ＷＤで駆けつけた。白髪というよりグレーヘアーをオールバックに撫でつけ、綿のシャツに細身のジーンズ姿。日焼けした上背のある男だった。痩せて小柄だった父とあまりにも正反対のタイプで、私は内心苦笑して迎えた。

母は夕食時間だった。ゆりさんに挨拶してくると、津川は食堂に行き、暫くして私が待つロビーに現れた。テーブルを挟んで椅子に坐る。

初対面の挨拶も取り急ぎ、あなたは誰ですか、と私は硬い声で訊いた。

「百合子さん、という名前僕大好きです」

津川は眼もとで笑いながら唐突に言って、僕はあなたのこと知っていますよ、と言葉を足した。

「まだあなたが幼いころ、二、三度会っています。可愛いお嬢さんでした」

津川の笑った目もとに、何となく不行儀さを感じて、思わず視線を外した。彼は頓着なく話を続ける。

「ゆりさんに幼いころから憧れ、恋心を持ち続けてその後もずっと。ゆりさんの弟の浩二、彼と僕は同級生で友だちです。ゆりさんは二十一のとき見合い結婚、僕の前から姿を消した。僕はそのとき十六歳」

詩の一節を朗読するように滑らかに喋り、高校生の僕が、好きです結婚して下さい、なんて言えないでしょう、と豪快に笑った。

「その後僕も結婚をしました。でもゆりさんを忘れることは出来ない。やっと堂々とゆりさんと逢えるようになり、来てみると僕の顔も分からない。会話も出来ない」

今度は自嘲気味に声を沈ませる。

私は、浩二叔父が間に入っていたのかと、瞬時記憶を引き寄せた。

叔父に会ったのはいつが最後だろうか、確か父の葬儀の時と、母がこの施設に入所した時だと思いだす。だがその時も叔父は、津川の存在は露ほども見せず、叔父までも長年黙し通していたのか、と不気味にさえ感じた。

「父が生きていた時、母と逢っていたのかしら」

真実が聞けるとも思わなかったが、訊きたいことだった。津川は一瞬眉間に皺をよせ、言葉を飲みこむ。ややあって事もなげに言い放った。

「一年に一度くらいかな。昼下がりの情事ってやつですよ。ゆりさんに罪悪感はなかったと思います。平穏な家庭を築くための緩和剤、と言っていましたから」

母は清潔な女性と誰からも言われていた。身の回りも言動も。貞淑な妻を演じきっていたというのか。

「今夜はお泊まりですか……」

「浩二の家に厄介をかけます。彼も最近淋しがって、ホテル泊まりを許してくれません。彼の女房共々僕を待っていてくれる」

津川は窓外を窺うようなそぶりで、雨が激しくなりましたよ、この雨は暫く続きそうだ、とジェスチャーを交えて言い、余裕のある態度でゆっくりと立ち上がった。

ゆりさんと少し話をしてから浩二の家に行く、という津川に、私は軽く会釈をして背を向けた。

瞬間、私の肩に津川は素早く掌を置いた。薄いワンピース一枚を通して、重く熱く湿った感触が伝わる。突然の驚きで振り返った。

「あっ、ごめん。あまりにもゆりさんに似ていたので。さすが親子だねえ。若い時のゆりさんにそっくりだ」

津川は後ろ姿を見せたまま片手を耳の横で振り、足早に廊下の奥に消えた。歩き方も仕種も若者めいているのに、残り香だけは老人特有の匂いで、私はやっと落ち着きを取り戻した。

一人になると雨の匂いが部屋まで満ちた。私の脳裡を父と母が舞う。母は自ら言葉を剝がし、感情を削り、心に揺曳する過誤だけを抱き寄せていたのだろうか。津川の存在を父はおそらく知らなかったであろう。

消灯時間まで母の横にいた。母は小物入れの幾枚かのハンカチを、同じ動作で繰り返し出し入れしている。時々目が合うと力なく微笑んだ。

その母の眼に色がなかった。ぬくみも冷たさも外に発していた色のいっさいが見事にそげ落ちていた。お母ちゃん、と子どもの時の呼び名で顔を覗き込んでも、百合子さん、と私の高校時代から使っていた言葉で話しかけても、無言の壁は厚い。

母は自分の名前が好きだった。百合子さんと呼んで、と子どもたちにも強要して、父になじられたこともあった。ここにも津川が絡んでいたのだろうか。

雨音が今まで以上に大きくなった。窓ガラスを滑り落ちる水滴が、ささやき声に聞こえて、外を凝視する。

「幸夫さん……」

確かに母の声。出ないはずの母の声。

私はボディーブローのように、身体の深みに言葉を打ち込まれ、胸を抑えた。寝言だろうか。

雨は重たさを増して気配をはらみ、牡丹色のルージュが匂った。


（了）

秘^ひ
色^{そく}

郵便小包を受け取ったとき何の疑問ももたなかったのは、中元の季節であり、ひとり住まいの女の許にも数は少なかったが届け物があったからだ。

小包の宛名は正確に笙子宛になっていた。だが差出人に心当たりはない。首をかしげながら紐を解いた。

何重にも包装された包みから布貼りの箱が出てきて、笙子は息を飲んだ。箱の形と色で分かった、というより、包みを解いたとき瞬間に流れた匂いから、それが何か分かったのだ。箱の中身は、伯母の琴乃が肌身離さず持っていた色カードに違いない。記憶では、カードは百人一首の札ぐらいの大きさで、表は染色された絹の布が貼ってあり、裏に慣用色名とか系統色名、色名の由来などが書いてある。全部で三百数十枚のカードが入っているはずだ。

笙子は中身が分かっているものの、ふたを開けるのがためらわれた。しばらく箱を見つめる。大きく息を吸い込んで、箱のふたに掌をあててみる。冷たく感じたのは少し湿りけをおびているせいか。箱にも絹の布が貼ってあり、灰紫の色が沈んで、玉手箱のような不気味さがあった。

この箱のやや黒みがかった濃い紫色のことを滅紫と書き、けしむらさきと読むのだ、と子どものころ琴乃が教えてくれた。

「めっし、と書いてけしむらさき」

笙子が、字も意味も分からずに手鞠唄を歌うようにいうと、

「そうや、けしむらさきのけしは彩度を落としたという意味やで」

と付け加え、紫は紫という色だけではない、紫にも濃いのから薄いのまである、と色カードの一枚一枚を笙子に見せ、すべての色に名前と人生があるんや。今は分からいでもそのうち分かる、と謎めいた微笑を口もとに浮かべたものだ。

その色カードが送られて来たのだ。笙子はもう一度差出人を確認する。住所は大阪にある老人ホーム。男名前は笙子の知らない名前で……。そこまで考え、背筋を冷たいものが走った。琴乃の身になにか、でもまさか、と思い、急いで手紙を捜す。

箱の裏に封書がセロハンテープで貼りつけられていた。差出人は老人ホームの職員からで、開封すると横書きの丸文字が目に入った。

文面は用件だけで、

『琴乃さんはこのホームで三年足らず暮らしていた。昨日、彼女は患っていた心臓病が悪化し救急車で入院、危篤状態が続いている。入院の際かねてより用意していたらしいこの品を、間違いなく送ってほしい、と頼まれた』

とあり、もう一枚の琴乃が持っていたとおぼしいメモ用紙には、笙子の住所氏名が細いペン字で書かれてあった。

琴乃は笙子の母の兄の後妻である。笙子とは二十違いだったから七十四歳のはずだ。歳はすぐ思い出せたが、琴乃が老人ホームに入居していたとは、笙子は今日まで知らなかった。義理の仲だが息子と一緒に暮らしている、と母から聞いている。琴乃と音信が途絶えて三十六年にもなるのだと、このときあらためて指を折った。

その間、琴乃の夫である圭介が亡くなったりしたが、笙子は仕事にかこつけて、伯父の葬儀にも出ていない。

「蟬、早く早く……」

空気を破るような鋭い声が窓下からして、笙子は記憶を一時自分から剝がした。無理にでもそうしなければ過去に引っ張られそうで、慌てて窓辺に寄った。

マンションの七階から見下ろすと、真下は小さな公園だった。もう夏休みに入ったのだろうか。ウイークデーの昼前なのに、虫取り網を持った子どもたちの姿が樹々に隠れては現れ、声が空に拡がった。

笙子は、夏休みも冬休みも自覚しないうちに通りすぎる今の生活に、なんの前ぶれもなく飛び込んできた箱を、窓辺に立ったまま眺めた。この箱のなかの色カードには、笙子の子どものころが凝縮されて入っている。一旦箱から離れようとしてまた傍に坐りなおし、息を整えてから箱のふたを開けた。

カードは記憶通りに赤系の牡丹色から始まり、赤紫、マゼンタ、つつじ色、と並んでいた。箱から出し、カードの山を崩すと、笙子のまわりに色が溢れる。歳月を経ても色は少しも変わらず、辺り一面万華鏡を覗いたような華やかさで、それと一緒に琴乃のか細い声が重なった。

——瓶覗《かめのぞ》き、は淡い藍色。藍瓶にちょっと浸けただけの色、という意味や、おもろい名前やろ——

——紅花で染めた赤は今様《いまよう》。この色は源氏物語の末摘花にもでてくるさかい、しっかりと覚えときや——

——うち、新橋《しんばし》色の肩掛けがいちばん好きやねん——

緑色がかった薄青の絹のショールをふわりと掛け、うなじにかかったほつれ毛を白い指でかきあげていた琴乃……とそこまでたどり、急に圭介の、間延びしたような笑い顔が脳裡に浮かんだ。続いて映写機の回る音が、さっきまで聞こえていた蟬時雨に変わって、耳鳴りのように笙子を覆う。色カードも琴乃との思い出も、すべてがあの日の映画から始まったのだ。

笙子の父は公務員だった。そのころ四国の鄙びた町の官舎に親子四人で住んでいた。笙子の家から自転車で十五分ぐらい東に走ると海岸にでる。海岸沿いに松原があり、その奥まったところに、松で覆われるようにして圭介と琴乃、その息子の弘の家があった。弘は圭介と先妻との間に生まれた子どもで、笙子の弟と同級生だった。

笙子が五年生の夏休み、移動映画が上映された。場所は松原のなかで、圭介の家の裏庭続きの空き地だった。

終戦から間もない海辺の町は、娯楽設備もましてや映画館もなかった。移動映画は、スクリーン用の白布を松の枝に吊るし、前に莫蓙《ござ》を敷き、床几《しょうぎ》を並べただけの簡単なものだったが、近所のおとなも子どもも大勢が集まった。

その日、笙子は行水を済ませ浴衣に着替えると、弟をつれてその空き地に出かけた。映画は始まっていて、もうすでに坐る場所がなかった。弟は辛うじて弘がにじってつくってくれた狭い場所に、からだをすり入れた。笙子は床几の人々の後ろから背伸びして見ようとしたが見えず、下駄で爪先立ったり、少しずつ場所を移動してみたりした。あたりは暮色とスクリーンからの光で、一つの雰囲気ができあがっている。海からの潮の匂いに汗の匂いが混じり、その匂いまでもが笙子を充分上気させた。

誰かに手首をつかまれた。

「おっちゃんの膝に抱っこしてあげる。笙子おいで」

伯父の圭介だった。彼は床几に腰掛けていて軽く笙子を引っ張った。笙子は思わず赤面した。長女だったせいか誰かに抱かれた、という記憶がなかった。それも抱っこ、という幼時語で言われ、恥ずかしさに、

「かめへん」

邪慳に言って手を払った。

「さあ、はようおいで」

再び手を握られ顔いっぱいの笑顔で彼は促す。笑顔を見ると断りきれなくなり、笙子は

ためらいののち圭介の膝に坐った。

圭介はそれほど上背があるわけではない。それでもお尻からにじって膝に乗ると、笙子の足は地につかずぶらんとなった。圭介の両手が笙子の腹部で組み合わさる。圭介の顎が頭に結んだポニーテールに触る。笙子は映画から気持ちが離れ圭介の動きに神経が集中した。

笙子がお尻をわずかに動かすと、圭介の太股がびくんとした。笙子は呼吸するのも意識し息を小さく吐いた。唾液がやたらに出てきて、飲み込むのにも気を遣った。

「暑いからもうかめへんわ」

膝から下りようとすると、圭介は笑って止めた。

「遠慮せんかてええやないか」

笑顔は邪気のないいつもの優しい伯父の顔だ。仕方なく笙子は我慢した。

笙子は自分のお尻が気になってきた。痩せてとがったお尻だ、と母にいつも言われている。ごつごつのお尻があたって伯父は膝が痛いだろう。それより風の通らないお尻の下は熱がこもって熱くなっているのではないか。伯父の膝は汗をかいているだろう。

お尻の穴の辺りに異物を感じたのは、それからすぐだった。下から突き上げてくる固まりは、一度意識するとしつこく笙子の感覚から離れず、腰を浮かせてそのものから逃げようと何度か試みる。圭介の組まれた両手がそのつど腹部をきつく押さえた。

笙子は気味悪さに両腕に鳥肌が立ってきた。お尻の穴をきゅっと引き締めたり、できるだけ異物がお尻に当たらないように工夫してみる。だが異物は笙子の浴衣を通しても生々しく、生き物のように息づいた。

触らないように、意識しないように、映画を忘れてその異物と闘っていた時間はどれほどだったか、気づくと笙子のからだのなかを未知の感覚がうごめいていた。うごめく感覚はからだの芯を硬直させ、かえって異物をはっきりと認識する結果となった。笙子は生唾をひとつ大きく飲み込んだ。

笙子はこの夜以来圭介を変態だと思った。だがその事実を、誰にも話さなかった。それは圭介に対する周囲の目が厳しすぎたせいと、日ごろの彼があまりにも優しすぎたからだった。いや本当は、彼と同じ変態の血が笙子自身にも流れている、と思い、その恥ずかしい事実を母にさえ語れなかったのだ。

学校での授業中硬い木の椅子に坐っているとき、急に伯父の膝を思い出す。笙子のお尻の下で熱く息づいていた異物は、お尻を振っても、ため息をついても感覚として残り、あの夜のようにうごめくのだ。笙子は伯父以上に自分も変態だと密かに烙印を押したのだった。

普段の圭介は、変態という噂こそなかったが、親戚をはじめ近所の人にまで、鈍臭いとか鈍い男だと言われていた。

彼は生まれたときからの難聴で、特に右耳の聴力が弱かった。そのことを本人も周囲の者も気づかずに成人したため、子どものころから鈍重だ、と言われて育ったらしい。今も人と顔を合わせると、必要以上のつくり笑いで左耳を突き出す。そのしぐさは異常な滑稽さとして人々の目に映った。

そんな圭介だったが、甥や姪や近所の子どもたちには人気があった。

夏休みになると子どもたちは圭介の家に集まる。彼は仕事の合間をみつけ、子どもたちの要求するさまざまな玩具や遊戯具を見事に作った。笙子のお気に入りは風鈴だった。圭介は器用にガラス板を小さく切ってその面に絵をかき、いくつも糸でつなぐ。竹の輪に吊るしたガラスの板は冴えた涼やかな音がして、夏が終わるまで軒下を彩った。走馬灯も竹トンボも昆虫採集の箱も圭介は作って子どもたちに与えた。

正月には圭介が作った凧を、近所の子どもたちは競って上げた。竹馬も彼の手作りが一番だった。酒も飲まず煙草も吸わず手仕事に熱中している圭介を、子どもたちは自分の仲間だと思ってまわりに集まっていた。だが大人の集まる席ではいつも隅にぽつんと坐り、ぼんやり庭の木々など眺めている。親戚の集まりでも、会話に入っているのを笙子は見たことがなかった。

笙子の母は圭介のことを、兄は不運な男だ、と嘆いた。難聴は仕方ないにしても、彼が戦地から復員してきたときには家は罹災し妻は焼死、その後二歳の弘をつれて琴乃と再婚したが琴乃は不具者だ、これでは兄が可哀そうだ、と折にふれ笙子に言った。

笙子の父は世間智にたけていて、彼は義兄の圭介に学歴がなく、いつも噂の対象になっていることに我慢できないらしく、何かにつけ彼ら夫婦を疎んじていた。母が圭介を訪ねるのも圭介が遊びに来るのも、父はいい顔をしない。笙子に対しても同じで、弘と遊ぶことすら父は遠回しだったが禁じていた。

父なら分かるが母の口から、琴乃さんは不具者だ、と聞かされ、母までもが非難しなければいけないことなのか、と悲しかった。

「不具者って、おばちゃんどこが悪いん？」

笙子は訊いたが、大人になったら分かる、と母は口をつぐむ。だがそれもそれからほどなくして判明した。

親戚の集まりは、何の集まりだったのだろうか。秋祭りか、それとも祖父母のどちらかの法事だったか。笙子は家族と一緒だった。母の長兄の庇の深い家で、笙子はその声を聞いた。

「琴乃さん、婦人科の方の病気やと知っとりました？」

笙子が立っている廊下は薄暗くて、障子を隔てた部屋から潜ませた声が聞こえた。

「痛いからいや言うて、圭介はんを寄せつけんそうや」

「圭介はんの手が延びてくると、真ん中に寝てる弘くんを起こすんやて」

「どうりで子どもができんはずや」

笙子はその場所から足音を忍ばせて遠ざかった。

笙子の胸のなかを得体の知れない憤りが渦巻いていた。語られた内容は、琴乃の不具についてだろうことは分かったし、漠然としていたが意味も理解できた。がそれを不具者と呼んだ母と、噂し合っている叔母たちに強い反発を覚えた。

気がつくと琴乃の横に坐っていた。

琴乃は台所の板の間で、ひとり漆器を拭いていた。その場所は火の気がなく冷気が床を這っていた。いつもの地味な染小紋の着物に白い割烹着をつけた琴乃は、座布団も敷かずぺたりと両足を外に投げて坐っている。撫で肩が痛々しいほど華奢だった。笙子が黙って横にいると、ひとつ言葉を飲み込んだようにして、つぶやいた。

「ここは寒いさかい、あっちで遊んでおいで。冷えるとお嫁に行けんようになる」

笙子は首を横に振る。琴乃は目をしばたいただけでなにも言わず、朱の椀を手で包み込みゆっくり拭いていく。化粧っ気のない白い顔は血も通っていないかと思うほど肌が透明で、長い首を所在なさそうに前に傾げ、時々笙子を見て微笑した。

天窓しかない部屋は昼間なのに裸電球が灯り、人の気配まで壁や天井に吸われてしまうほど静かだった。

笙子は胸の奥が徐々に熱くなってきた。琴乃がたまらなく不憫で、どうにかしてあげたい、彼女を元気づける言葉はないものか、と考えているうちに急に彼女を、抱きしめたい、と突拍子もなく思い、自分の考えにうろたえ、子どもなのにこんな思いはどこか変だ、と顔を赤らめた。

何日か経っての夕食後のことだった。笙子は寝ころんで雑誌を読んでいた。隣の部屋との襖は開いていて、父と母が話していた。

「うちが付き添うて一度は病院に行ったんやけど、琴乃さんそのあと通院してないみたいや。これぱっかりは二人がその気いになってくれなければ、しゃあないことや」

母のいらいらした声にかぶせて、父が大声で言った。

「夫婦のことはほっておけ。お前は余計なことはするな。それより笙子を兄さんとこへあまり行かすな。琴乃さんもなに考えてるのか、薄気味悪い女やなあ」

笙子は雑誌を伏せると起き上がり、その場で父と母を見据えた。

「わたし、琴乃おばちゃん大好きや。なんでみんなおばちゃんをいじめるん。おっちゃんもほんまにいい人や」

父と母のあっけにとられた顔をその場に残し、笙子は圭介の家に向かって自転車を走らせた。気持ちが高ぶっていた。

松原のなかに入ると道は固い砂地で、自転車灯が急に暗く思えた。笙子は松原の向こうにぼんやり見える圭介の家の玄関灯を目指して、必死にペダルを漕いだ。

引き戸を叩くと、かすかに奥で声がした。琴乃の影が映る。鍵を開ける音がして、笙子は待ちかねて戸を引いた。

外を窺うようにしていた琴乃は、緋色の長襦袢にだて巻き姿で、不安気に自分の肩を両手で抱いていた。

「ああ笙ちゃんでよかった。こんな恰好をしているさかい、ほかの人やとどうしょうかとおもうて」

いつもの細い声をもっと細くした声だった。歩きだしてもう一度、笙ちゃんでよかった、と振り返って言い、

「今おっちゃんと二人で遊んでいたんや。弘は今夜友達の家で泊まりやさかい」

とうなじをみせた。

廊下のつきあたりが居間だった。

襖を開ける。笙子はもう少しで驚きの声をあげるところだった。赤や青、いやすべての色が笙子の目に飛び込んできた。

笙子は敷居で立ち止まり部屋じゅうを見渡す。それは六畳の間いっぱいに、乱雑に並べられたいろ紙のようなものだった。いろ紙との違いは、一枚一枚が長方形で厚みがあった。重なって半分くらい見えているものから、色系別に置かれたものまで、部屋全体を染めて

いる。

圭介は、浴衣とネルの寝巻を重ねて着て、胡坐《あぐら》を組み、それらの色のなかで笑っていた。

「これはな、紺屋で使う色見本。うちの実家が染物屋さかい。きれいやろ」

琴乃は目を細める。

「全部違う色？」

「うんそうや。ぎょうさんあるやろ。このなかにいるときだけ、うち気持ちがはんなりするんや」

琴乃は今まで見せたことのない表情で一枚を手に取り、電灯にかざし、一旦胸に抱くしぐさをして畳に置く。圭介はそんな琴乃を満面の笑みで見つめていた。

「こうして色の名をおっちゃんに教えているんやけど、覚えわるうて」

琴乃の視線が絡みつくように圭介を捕らえた。口を半ば開いた圭介の表情がだらしなく緩む。

「やまももの皮で染めたこの色は？」

黒みがかった濃い茶色を琴乃は指し、圭介の目を見つめる。

「媚茶《こびちゃ》や」

「やっと覚えたなあ。色の名前がええから忘れんといて」

琴乃は、小さな受け口をことさら突き出すようにして、あでやかな声をだした。

部屋のなかは色が競い合い、それぞれの色が妖しい匂いを放っているかのように、空気が淀んでねっとりとしていた。地味な着物しか着ているのを見たことがない琴乃の、色鮮やかな長襦袢姿にも息苦しさを覚える。笙子は得体の知れないからだの火照りに、肩で大きく息をする。

琴乃はいつもの白い顔をもっと白々させて、笙子の方ににじり寄ってきた。

「これはうちたち夫婦のたった一つの遊びやさかい。誰にもいわんといてや」

顔を近づけ、笙子が頷くのをみると、秘密やで、と念を押した。

「秘密を守ってくれるんやったら、これあげる。うちが編んだ首巻きやけど、笙ちゃんに似合うからあげる。大事にしてや」

琴乃は箪笥から、だいだい色がかった真っ赤な首巻きを出してきた。笙子の首にくるりとかけ満足そうに頷く。

「笙ちゃんによう似合う。色が映えるわ」

「おおきに」

礼をいいながら圭介を見る。彼は色の名前を覚えようとしているのか口のなかでぶつぶついいながら、色に酔ったような上気した顔を微かに上下に振っていた。

「笙ちゃん、その首巻きの色、なんて色か知ってるか」

いつもの物静かな琴乃と打って変わって目を輝かせ、身を乗り出して喋る琴乃は、色の精が乗り移ったように妖艶だった。

「その色な、猩々緋《しょうじょうひ》ゆうて、猩々の血で染めるんや」

裏に書かれた説明を指でなぞって、

「猩々いうたら大酒呑みの赤い顔をした大猿のことや」

とそのカードをひらひらさせる。首巻きと同じ色が琴乃の顔の周囲で踊った。

笙子は首巻きを見つめた。気味の悪い大猿の血で染めたという色は電灯の下でぬめって見える。首まわりが鳥肌だってきて、首巻きを外そうとすると、抑揚のない琴乃の声が続いた。

「草や樹や砂、土からも色は生まれるんや。血でも糸は染まる。本当は猩々の血で染めたような赤、と言う意味やけど、その首巻きは本もんの血で染めている。血の匂いがするやろ」

笙子は首巻きを急いで外し、自分の膝前に置いた。一度首に巻かれた首巻きは笙子の血も吸ったように、毒々しく色を放った。

「笙ちゃん」

今までの声の調子とは違って甲高く名前を呼ばれ、笙子はびくんとした。

「今夜泊まっていくやろ。弘がいないから三人で寝よう。かめへんなあ」

笙子は慌てた。圭介と琴乃の顔を交互に見る。腋の下を冷たい汗が流れる。

「明日また遊びに来る。今日は帰らなお母ちゃんにおこられる」

首巻きをその場に残し、立ち上がる。琴乃がなにか言う声が背中におぶさるようについてきたが、笙子はわき目も振らず玄関を飛び出していた。

自転車に乗ってから振り返ると、松原の暗闇のなかに家は溶け込んで、ぼうと黄色い灯だけがにじんだように浮かび、色カードも首巻きも、すべて夢のなかの出来事のようだった。


笙子が高校生になると琴乃に頼まれ、弘の家庭教師を週二度引き受けた。父も母も仕事をもっていたから昼間は留守だったせいで、時間は笙子の自由になった。

圭介は筬《おさ》の職人で、織物工場に勤めていた。圭介の親も同じ筬の職人だったとかで、息子の将来を案じた親は自分の技術をしっかり圭介に教えたのだろう、彼は金筬《かねおさ》の立派な仕事師だった。

金箴とは織機の経糸《たて》の位置を整え、緯糸《よこ》を織り込むのに用いる付属具で、真鍮製の偏平な針金でできている。これを箴《おさ》の刃《は》といい、綿布の糸の太さがかわるたび、この刃の枚数を増減しなければならない。

笙子はいつか圭介の職場を訪ねたことがあった。箴の職人は彼ひとりで、笙子が部屋に入って行ったのも気づかずに箴と向かい合っていた。うつむき加減の彼の顔は、眉間に皺を寄せ、口角を下げた厳しいもので、いつもの破顔が信じられないくらいだった。

「おっちゃん」

恐る恐る声をかけたが聞こえないのか仕事の手を休ませず、箴の刃を平行に枠に収めている。笙子は重い気配に押されて、声をかけられないまままたたずんでいた。

圭介の手の動きに目がいった。からだに比較して手が異常に大きく思い、器用に動く指を面白く見ていた。

太くて長い圭介の指が箴の刃を自在に操っている。その指は真鍮の強靱さよりももっと強そうで、そのくせ柔らかな動きをしていた。神経質に切り込みすぎた爪は幾分油で黒ずんでいる。指の節に生えている短い毛が動物の毛のようにてかりとひかり、笙子はどきりとした。圭介の指はけっして鈍くなく、むしろいきいきと跳ねていた。

笙子は琴乃の言葉を思い出していた。うちなあ、おっちゃんの指が好きやねん。ごつごつしてて、そのくせ優しいねん。そのとき圭介もそばにいた。琴乃が、優しいねん、と言ったとき、圭介は目尻を下げて琴乃を見た。おっちゃんは琴乃おばちゃんのどこが好きなん。訊いた笙子に、圭介はからだじゅうで照れただけだった。

そのころ織物は好景気で、圭介の収入も多かった。圭介の家に琴乃の甥が二人同居していたのもこのころで、生活費の面倒もすべて圭介がみている、と噂になっていた。だがそれ以上の噂はやはり琴乃が圭介を拒んでいるという類のもので、そのために琴乃が甥を呼び寄せ、居間で全員が寝ている、と周囲の人々は眉をひそめながら囁いた。

笙子は不可解だった。喧嘩もせず暮らしている夫婦を、どうしてこんなに取り沙汰するのだろうと。


その日は土曜日で弘の勉強の日だったが、彼は遊びに出かけたままで、笙子は所在無く雑誌を読んでいた。琴乃は何度も詫びて、しょうのない弘やなあ、とため息をついた。

「笙ちゃん、色の名前教えてあげようか?」

琴乃に言われ頷くと、奥の部屋へおいで、と誘われた。色カードには興味があり見せて欲しかったが、何となくはばかられて、言いだせないでいたのだった。

奥の部屋は寝室で、衣装簞笥や整理簞笥が所狭しと並び、それらのくすんだ家具のなか、緋の友禅模様の鏡台かけがそこだけ一際なまめいて、琴乃の存在を主張しているようだった。笙子は胸がとどろいた。

琴乃は、今はこの部屋使ってないんや、と噂通りの事柄を匂わせ、簞笥の上部の引き戸から、以前に一度見たことのある箱をとりだした。

箱のふたをあける。なかの色カードを無造作に出し一気に崩す。

「茶色は歌舞伎役者の名がつく色が多いんや。芝翫茶《しかんちゃ》とか団十郎茶とかいうて」

柿色がかった、くすんだ黄赤のカードの濃淡を何枚か笙子に見せ、粋な色や、と細い眉をあげ、次のカードを取り上げる。

「鼠のつく色だけでも十二ほどあり、銀鼠《ぎんねず》、深川鼠、利休鼠、藍鼠など、ええ名前がついている。なかでも想思鼠《そうしねず》、なんてうちは好きや、うすい紫がかった青のことやけど」

うつむいて色カードを並べる琴乃の襟ぐりから、紅色の肌襦袢の掛け襟がのぞき、笙子の目はそこに釘付けになった。

「香色《こういろ》。肉桂《にっけい》や伽羅《きゃら》などの香木で染めた色、これはくすんだ黄色やけど、もうちょっと焦げたような色が加わると、焦香《こがれこう》。なんや誰かに恋焦がれてる色のようでええやろ。笙ちゃん、誰かそんな人いるんか」

「誰もおれへん」

「淋しいなあ。うちはやっぱりおっちゃんや。世間でいろいろ噂されているけど、うちら仲のええ夫婦やねん」

時々笙子の訛りと違う言葉を交えながら、笙ちゃんだけは信じて欲しい、と訴えるような目をして二、三度まばたきをくりかえし、急にからりと声の調子を変えた。

「似紫《にせむらさき》って色知ってるか。嘘か真《まこと》かにせむらさきかって唄にあるやろ」

琴乃は、江戸時代に流行った紫染めで蘇芳《すおう》に明礬《みょうばん》を混ぜて染めるんや、と説明したあと、もう一度、嘘か真か……と『むらさき小唄』の一節を、ゆっくり細い声で唄ってみせた。哀調のある節回しは物悲しく、かえって部屋の空気を湿らせた。

窓辺が陰ってきた。電灯をつける時間になったが弘は帰らず、訪れる人もいない。松が騒ぐのか大きな鳥の羽ばたきに似た音が聞こえ、波の打ち返す音が淋しさを煽った。

琴乃には友達も近所付き合いもない、とうすうすは知っていたが、あまりの静寂になんとなく薄気味悪さを感じ、笙子は落ちつきなく辺りを見渡す。琴乃はそんな笙子に、静かやなあ、と笑いかけ、正面から息をふうと吹きかけた。

「この息の色は何という色や？」

「わからへん、透明で色なんかないけん」

「秘色、ひそくっていう色やねん。うちの吐息の色」

小さい口をことさらにすぼめて、笙子に突き出す。琴乃の息は熱を帯びたように熱く、梔子《くちなし》の花の熟れた匂いがした。

「秘色ってええ匂いやわ」

笙子は思わず言って、自分の言葉に首筋まで赤くする。

「そうか。ほなもう一度」

琴乃は手を伸ばし、笙子の頬を両手ではさみ、ぐんと顔を近づけて細く長く息を吐きかけた。それは顔じゅうの産毛が逆立つような、今までいちども味わったことのない感覚だった。

「いつも思うんやけど、笙ちゃんの耳、ええ耳やなあ」

ひょいと琴乃の手が延びてきて、笙子の耳に触れる。

「そんなこと言われたん初めてや」

「おっちゃんといつも話してるんやけど、笙ちゃんの耳は女のあそこがいいということを現した耳や。昔なら遊廓でたこう値がついたんやで」

琴乃は、笙子と膝が触れ合う位置までにじり寄り、耳たぶの形と耳殻のこの細うなった形がええんや、と手で笙子の耳を軽くつまんだ。

「鼻の頭もさわってもええか」

指を開いた琴乃の手がゆっくりと笙子の顔に迫り、右手の中指の腹で鼻の頭を軽く撫でる。さっきからの話の内容と想像のつかない行為に、笙子はかたずをのみ、琴乃の手を凝視した。

「笙ちゃんの鼻、軟骨の真ん中が割れてはる。ほら縦に、こんなにくっきりとや」

「割れてたらあかんのん？」

「笙ちゃん今いくつ」

「十六やけど」

「そうか。ふつう処女のうちは割れてへんのやけどな」

しばらくじっと笙子の鼻を見つめ、思い詰めたような吐息をひとつして、

「笙ちゃんが一緒にここで住んでくれたら助かるのに。うちもおっちゃんもあんたが好きやねん。でもまだ十六か」

言葉と同時に琴乃は落ちつかない様子で立ち上がる。

「おっちゃんが帰ってくる、夕食の用意せなあかん」

白い割烹着を手早くつけると、席を立った。

あとに奇妙な空気が残った。笙子は琴乃が何を言いたいのか分からなかった。琴乃の言った台詞も理解できない。それより鼻の頭の軟骨は、他の人の場合どうなっているのか、今まで考えたこともなかっただけに頭がこんがらがって、ぼんやりする。ふと、圭介の膝で映画を観たときの記憶が頭をもたげる。からだの中心部を這った奇妙な感覚。うごめいて熱く感じたからだの奥。あのような感覚だけで鼻の頭の軟骨は割れるのだろうか。笙子は恥ずかしさと不安で逃げるように玄関を出た。琴乃の声が追いかけてきた。

「明日は赤色系統を教えてあげるさかい、かならずおいでや」

圭介が夜走る、という話は近所の女が持ってきた。

「圭介はん、この寒い季節に真夜中に突然起きて、寝巻一枚で走りだすそうや」

母を相手に話す声は初めは低かったが、話しているあいだに声高になり、狭い家だったからどこにいても聞こえるほどだった。

「夜中にがばっと起きて、障子に体当たりし、桟を折ったこともあるんやて」

母はさすがに兄のことだったから、

「風邪でもひかなきゃええんやけど」

とくぐもった声で返事した。

「女でも買いに行けばそれで済むのに。本当に琴乃さんできんのやろか。昔従軍慰安婦だったって聞いたことあるんやけんどな」

「いくらなんでも慰安婦は可哀そうや。女子挺身隊とわたしは聞かされています」

母の声はいくらか相手をたしなめるような調子に聞こえる。

「どっちにしても同じようなもんや」

女は卑猥な笑い声を残し、帰っていった。

笙子には話の内容が今ひとつ理解出来なかった。それでも琴乃が侮辱されているとはっきり分かり、気がつくと両掌を強く握りしめていた。

圭介の行動は笙子の眼にも奇怪だった。色カードのなかで満足しきった琴乃の顔は思い出すが、それでは圭介はどうだったのか、と考えたが分かるはずもなく、大人たちが話すその尋常さを欠いた圭介の行動のすべての元は、琴乃なんだろうかと考え、琴乃を愛するあまりこのような行動となったのか、それとも他に理由があるのか、と考えたが何も分からず、琴乃が一緒に住もう、と言ったのは、圭介のこのことと関係があるのか、と思考を巡らせたが、やはり何も分からなかった。

圭介の家には相変わらず週に三回は行っていた。最近では弘のいない日が多くて、琴乃が待ち構えたように奥の寝室に笙子を連れていき、色カードを並べる。笙子はこの奇妙な雰囲気を密かに楽しんでいた。琴乃は理解に苦しむ台詞で笙子を翻弄したが、それすらも未知のものを覗き見するような、胸のときめきを覚えるのだった。

だが圭介の奇行を聞いてからは、琴乃に会うのがためらわれた。

笙子は時々自分の鼻の頭を押さえる。はっきりと軟骨が縦に割れているのが分かる。いつ割れたのか、生まれつきなのか、母に聞いてみようとしたが、なぜか言いだせなくて、気がつくと、いつも鼻の頭を撫でていた。

高校卒業と同時に四国を出た。そのときから琴乃に会っていない。結婚、出産、離婚、仕事、と毎日の生活に追われて、振り返る間なく歳月は流れた。ひとり娘は嫁ぎ、笙子は今あのときの琴乃の年齢をはるかに越えていた。

さっきまで激しく鳴いていた蟬の声が、いつの間にか聞こえない。子どもの声も響いてこず、笙子はゆっくりと色カードを元の箱に納めた。

箱から立ちこめていた匂いも、もとのように封じ込める。この匂いは子どものころには気づかなかったが、琴乃の体臭そのものだった。それは松原のなかの圭介の家全体の匂いでもあった。

影が濃くなり空気が揺らいだ。大きく吸った空気をほうというふうに吐く。この吐息の色を琴乃は秘色《ひそく》、と笙子に教えたのだ。急に琴乃の息の熱さと匂いが蘇り、懐かしさがこみあげてきた。

笙子は「秘色か」とつぶやき、あのころ何の疑問ももたずそれを信じていたが、はたして秘色とはどんな色だったのか。しばらく考えたが思いつかない。カードの何枚かが脳裡をよぎったが、特定する色も記憶になく、琴乃はあえて笙子に、秘色という色を示すことをしなかったような気がした。

いまいちど箱のふたを開け、秘色を捜す。色名の書かれた彩色されていない側を目で拾っていく。ない、とあきらめかけたとき、そのカードが手に触れた。表返す。色カードは、明るい灰青で、青磁か瑠璃に近く、清らかだった。横に書かれた秘色、の名の由来を、声を出して読んでみる。

——唐代に天子への供進の物として使われた色。臣下、庶民の使用を禁止したところからついた名前——

笙子は笑いがこみ上げてきた。琴乃の手品の種をひとつ見破った思いがして、白く細くたおやかだった女の像を、振り払った。

現実に返ると、危篤だという琴乃のことが心配になった。病院の所在地を確認するため、もう一度封書を開き、母はこのことを知っているのだろうか、と電話に目をとめる。瞬間電話がなり、弾かれたように笙子は立ち上がった。

（了）

春の泥

いつまでも底冷えのする春だった。

昭和三十三年四月一日、売春防止法が完全施行となる。

この日雛子は、家からバスで三十分ほどの距離にある伯母の家で過ごしていた。後五日もすれば高校三年に進級する。春休みの最後の日まで、この家に居るつもりだった。

伯母の雪乃は、下地っ子をいれて八人ほどの芸者をおく芸妓置屋を営んでいる。

その一廓は色里と呼ばれる盛り場で、雪乃の家は、表通りを一本入った細い路地裏にあった。玄関は磨きのかかった格子戸と盛り塩があり、いつ来ても雛子をどきどきさせながらも魅了する。一歩部屋に入ればもっと強烈な、雛子にとっては未知の世界の、それもたぶん隠れた男と女のものであろうと想像する匂いがこもっていて、牡丹刷毛から匂う練り白粉《おしろい》、鬢付け油の香り、衣桁に掛けてある着古した絹の着物からも、自分の家には絶対ない、秘密の香りのような匂いが立ちこめていた。

昨夜からの雨が上がり、道はぬかるんでいた。

朝から雪乃は新聞を待っていた。投函されるや卓袱台に広げ、丹念に目を通している。

「売春防止法完全施行か。今日からきっと忙しくなるでえ」

語尾を伸ばし、顔をあげると眉が笑っていた。こめかみに貼られた膏薬が上下する。

雪乃の商売は、三味線や踊りを提供するために、芸者や芸妓を茶屋や料亭に差し向ける仕事だと聞かされていた。売春防止法ができると、どうして置屋が忙しくなるのだろうか。雛子には分かっているようで分からない、からくりの世界だった。


雛子の父は国鉄に勤め、旅行関係の仕事をしている。几帳面だが頑固者だ。特に雛子の私生活にはうるさく、雪乃の家に行くことを固く禁じていた。いつの頃からか、両親と喧嘩してまでも雪乃の家に行くようになったのは、父がそして母までが、置屋という職業に偏見をいだいていると感じたからだ。雪乃まで見下すその言葉を聞くたびに、雛子は胸の片隅が痛み、父に反発した。だが一年の半分は家にいない父だったから、父の眼を盗み、母を言いくるめて雪乃の元で過ごすことは案外容易だった。

母より五歳年上の姉、雪乃には結婚歴がない。旦那と称する男が時々来ていたが、この男も雪乃同様雛子に好意的だった。

夜は二人の下地っ子と枕を並べて眠った。雛子より年下の一人は北陸から来ていた。彼女は色白で唇の紅い、まだ幼さの残る子だった。布団に入るなり雛子の耳元で囁く。

「雪乃おかあはん、ひょっとして雛ちゃんの実の親」

来る度に同じことを言われる。

「まさか、うちの母の姉さんや言うたやろ」

下地っ子は含み笑いをして、皆そう噂している、と言いながら直ぐに甘い寝息をたてた。

言われたことに雛子はいつも笑って聞き流し、母の当惑した顔を思い浮かべるのだった。

芸者の姐さんたちは通いだ。昼間の嬌声が嘘のように夜のしじまが流れて、牡丹刷毛の匂いまで畳の下に沈む。

長火鉢の残り火に灰をかけ、神棚に手を合わせた雪乃が、下地っ子の寝姿を襖の間からちらりと覗き、座敷の灯が消された。


翌日、朝食の膳を囲み、雪乃は賄いの婆さん相手に愚痴っていた。売春婦だった女が数人、明日から三味線と踊りを習いに来るらしい。女たちの親方がお稽古費用は出す、と言ってきたとか。

「にわか芸者の出来上がりや。看板を書き替えた連れ込み旅館もあちこちで見かけるし」

雪乃は苦笑する。

「芸者として登録し、結局は売春かいな」

婆さんはおどけた仕種で腰を振った。

「アルバイト料亭、いうのも出来てます」

口を挟んだのは年上の下地っ子だった。

「布団を敷かずに座布団を数枚並べ、売春やなくて自由恋愛や。文句ないやろ、というわけ。こんなん通るんやろか」

「警察と検番が黙ってはいないと思うんやけど、さてどうなることか。御上のすることはうちらには分からんさかい」

雪乃の言葉に、三人の顔を交互に見ながら茶粥をかきこんでいた雛子は、隣で食べることに集中している、紅い唇の下地っ子を横目で見る。彼女の細い切れ長な目が、何も理解出来ないというふうに、まばたきを繰り返した。

食後すぐに下地っ子たちの稽古が始まる。雛子も同じように三味線も踊りも鼓まで習わされた。

雛子の着物も帯も雪乃の若いころのもので、洗い張りされ、縫い直したものだ。この着物の肌触りが雛子の背をぴんと伸ばした。

師匠の雪乃の叱咤が飛ぶ。長い煙管で手の甲を打たれるのも度々だった。

簡単な昼食が終わると、女の技と称する特訓が始まる。雪乃は当然のように、この特訓にも雛子を入れた。

上半身は半襦袢が許された。シュミーズを着けているとたくしあげられる。足袋もズロースも脱がされ、直立の姿勢で横一列に並ぶ。部屋の空気に直接触れたお尻は、それだけで肌が緊張した。真冬の寒さに比べて少しは楽になったと、三人は囁き合う。お互いの恥ずかしさを包み隠すように。

雪乃は女たちの後ろに回り、竹の物差しを持って号令をかける。

「息を吸って。吐いて。息を止めながらお尻の穴を思い切りすぼめて……。もっとすぼめて……。はい、深呼吸。今度は思い切りゆるめて。からだの真ん中をしっかり意識するんや」

何度も繰り返し、力が入っていないとか、力の入れ方が間違っているとかで、お尻を叩かれた。

「女のからだの奥の奥をぎゅっと締めるんや。もっと力を入れて」

雪乃の声が次第に大きくなる。

お尻の筋肉の動かし方で、どこに力が入ったか、雪乃には分かるらしい。将来芸者に出ても結婚しても女として役に立つんや、と、したり顔で言いきった。技を磨くのは女の勤めや、とも。

雛子はこの屋の女たちと同様に扱われることに、疑問も不満もなかった。一人前の女として認められていることに、むしろ喜びを覚えたほどだ。

昼過ぎになると部屋の空気が急に濃くなり、女たちの動きに合わせ匂いが揺れた。姐さんたちが一斉に長襦袢姿で鏡の前に坐ったからだ。衿を大きくくり、首から両肩に練り白粉《おしろい》を器用に刷毛で刷く。ぼってりと厚みのある練り白粉は、姐さんたちの首を人形のように変える。

雛子は固唾を呑んで一人ひとりの後ろ姿を凝視しながら、いつも雪乃の言葉を思い出していた。練り白粉には芸者の人格も心も塗りこめられているんやで。そやさかい一人前の芸者は必ず化粧は自分でする。これ鉄則や。

匂いに閉じ込められたような言葉を、雛子は両手で強く抱え込んだ。

首と両肩だけを白塗りにした姐さんたちは、連れだって銭湯に行く。雛子も下地っ子と一緒に風呂桶をかかえ下駄を鳴らした。春の夕暮はうららかで甘美でけだるく、高校生であることを忘れ、自分の家も両親も薄れる時間だった。

置屋から五分もかからない銭湯は、色里の女たちで賑わっている。湯はどろりとした乳色、女たちの練り白粉で濁り、匂いが湯気となって浴室に響いた。

練り白粉が肌から浮かないように必ず塗ってから湯に浸かるのだ、と雛子に教えてくれたのはどの姐さんだったか、と記憶をたどりながら、雪乃はいつになったら雛子の首にも練り白粉を塗ってくれるのだろうかと、ぼんやり考えた。

夕方五人の女がやってきた。一人は洋服姿で、頭はちぢれたパーマをかけている。あとの四人は垢じみた銘仙の着物を着崩し、かしこまって坐った。

仕事用の着物も長襦袢も親方に借りていたという。すべて没収されたと、はすっぱに言って首をすくめた。

女たちは挨拶の仕方も知らなかった。三味線の持ち方も一から教えなければならず、お茶をひいた姐さんまでが雪乃を手伝った。

「雛子も、それお前も手伝って」

雪乃のひと言で、年嵩の下地っ子も雛子と一緒に教える破目になり、十二畳のお稽古部屋はごった返した。

二時間ほど練習したが、三味線を膝に置くだけが精いっぱいで、明日もよろしくと帰って行ったが、果たして続くのだろうか。雪乃は顔を曇らせて見送った。

雛子は家に帰ってから、母にどのように訊かれても、雪乃との日々は喋らなかった。曖昧にごまかし、話を逸らせた。最近では母もあきらめたのか何も言わない。それより卒業したらどうするか、今はそれが一番の課題だった。

机の引き出しの奥深くに、雛子は桐箱入りのかんざしを忍ばせている。十五歳の誕生日に雪乃から贈られたものだ。使い古された鼈甲《べっこう》のかんざしは、子どもが喜ぶ品ではなかった。何故雛子に譲ったのか、母は顔を曇らせたが、雛子は雪乃の温もりをもらったようで、時折出しては眺めた。

この日は特に鼈甲の飴色がなまめいた。

かんざしから雪乃の匂いがして、瞬間からだの奥深いところがきつく締まる。初めての経験に平静さを失い、何故だか頬が染まり、急いで窓を開けた。

道は今日もぬかるんで、弱い陽が揺れていた。

（了）

赤い財布

その日ダンスのレッスンが終わったのが午後の三時。そのあと涼子は気の合う仲間とワインを飲みに行った。昼間も営業しているカフェ、ビア＆ワイン。涼子の気に入りの店だった。

最近ダンスのパートナーとなった若い男と女友だち二人に囲まれ、話が弾んだ。

夕方の時間になり大急ぎで会計を済ませ、洗面所に寄り、地下鉄に飛び乗る。主婦である涼子には夕食の支度の時間が迫っていた。

娘は大学から帰っていて、幼児のように「お腹がすいた」と甘えた声を出す。週一度の繰り返される光景。身体のなかから湧き出るような幸せを感じながら、エプロンをつけた。

電話が鳴ったとき夫からだと思った。駅ビルで眼科を開業している夫は、殆ど毎日のように帰宅時間を知らせてくる。今から帰る、とたったそれだけを同じ時間にコールして来るのだ。律義な人だと苦笑しながら、内心嬉しい。

電話の相手は夫ではなかった。言葉遣いの丁寧な中年らしき女性で、お忘れ物ですよ、と爽やかに言い、カフェの洗面所の棚に財布を見つけ、中にあった献血手帳からあなたの電話番号が分かりました、と少し早口で言った。

財布はシャネルの二つ折りで、なかに数枚のカード類、いつもより少し多めの現金が入っている。ビア&ワインに忘れて来たのだ、と瞬時に思い、迂闊にも財布を忘れていることさえ、今まで気がつかなかった、と涼子は赤面した。

女性は、住所も書き込まれていますからお送りしましょうか、と言ってくれた。涼子は恐縮した。日ごろ、現金が入った財布が落とし主に返る事など皆無に等しい、と思っていたから。気がつくと電話の相手に、ありがとうございます、と何度も頭を下げ、私の方から取りに伺いますと告げ、またお辞儀を繰り返していた。

翌日の昼少し前、女性との待ち合わせ場所まで車を走らせた。

車中、昨夕の電話のやり取りを思い返し、胸を熱くする。彼女も同じカフェで同僚数人と飲んでいたという。役所に勤めていて仕事帰りだったとも語った。献血手帳が入っていてほんとうに良かった、と声を弾ませて言ってくれた相手に、涼子は感謝の念でいっぱいだった。

高速道路を走りながら、胸の奥深いところが鈍く痛みだす。昔の傷としてしまい込んでいた、忘れたようにしていた事柄が徐々に浮かび上がる。あの日の財布は紅色だった。財布のなめし皮は人肌のような匂いだったと、過去と今が揺曳する。

二十三年ほど前、涼子はその日暮らしの荒んだ毎日を送っていた。一緒にいた男は定職を持たず、ギャンブル三昧の日々で、賭博で手入れにあい、姿を消しては何日も帰らない、という日常が繰り返されていた。

その日も一週間前から男は帰って来ず、後に借金だけが残っていた。男から電話があり、どうしても金がいる。兄貴の所に身を寄せているから、少し都合をつけて持ってきてくれないか。男は隣町の住所を涼子に教えた。

お金のあてなどなかった。両親にも友だちにも見放されていた。涼子は途方にくれる。行きのバス代だけを握りしめ、ふらふらとバスに乗った。一歳に満たない娘を負ぶって。袷《あわせ》のねんねこを着ていた。立春を過ぎてすぐの頃だったと思う。

バスは身動きできないほどの満員で、中ほどに立ち、吊皮を握っていた。お金の工面が出来なかったことをどのように言い訳しようか、そればかりを考えていた。

背中の子どもが、手に持ったものを落とした、と涼子にだけ通じる言葉で訴えた。持っていたものは駄菓子屋でおまけに貰った、たわいない玩具。それでも今の生活には大事な物で、どうにかして拾おうと身動きできない状態のまま真っすぐしゃがみ、手探りで探した。顔さえ下に向けられない混雑だった。

指に何かが触れた。玩具ではない何か。財布、に違いなかった。

涼子の背筋に電流のようなものが走る。素早く拾い、ゆっくりと立ち上がりながら、掴んだ手をねんねこの袖口から入れ、財布らしきものをスカートのベルトに挟む。

元の姿勢にもどった瞬間、軽いめまいを感じた。顔も頭も発熱したように熱い。それなのにからだが震えた。

バスの揺れと一緒に頭の中を思いが揺れる。財布といってても中はからかも知れない。でも小銭ぐらい入っているだろう。それでもいいから欲しいと涼子は思った。だが誰かが財布を落とした、と言い出せばどうなるだろう。知らぬ顔を通せるだろうか。

次のバス停まで長い時間に思えた。涼子が自分の心臓の鼓動の大きさに耐えきれなくなったとき、バスは止まった。

見知らぬ停留所に降り立ち、人気のない場所を探す。

取り出した財布は赤い皮のがま口型で、きちんと丁寧に折られた二枚の一万円札が出てきた。それ以外は何も入っていなくて、財布は真新しかった。

時給五百五十円で働いた事もある涼子にとって、驚くほどの多額だった。思わず抱きしめ、これでお米が買える、いや、男に渡すお金が出来た、と思った。涙が吹き出すように流れた。

男の元へと次のバスに乗る。涙が止まると反射的に笑みが浮かんできた。どんなに抑えても笑みは止まらない。頬が勝手に笑った。落とした相手を気遣う余裕は少しもなかった。お金は男の手に渡り直ぐに無くなったが、赤い財布だけは長い間箪笥の底にしまっていた。赤い皮は柔らかだった。涼子はときどき出しては皮を撫でる。辺りになめし皮の匂いが漂う。掌への感触と匂いはきらめいた一瞬の灯のようで、もつれながら漂っている生活を、この時強く嫌悪した。

今の夫と出会い、平穏な毎日を手に入れたのはその一年ほど後で、それと同時に赤い財布は未練を残し捨てた。


今、涼子を待っていてくれる女性は菩薩か、女神か。いや地獄からの火車か。彼女の胸は複雑に揺れていた。

急に思いが繋がる。時間の管が真っすぐ一本になる。

涼子のシャネルの財布を拾ってくれた女性は、赤い財布の落とし主ではないだろうか。

懐かしい皮の匂いが車中に流れたように思い、顔を左右にゆっくりと振り、大きく息を吸ってみた。
フロントガラスの向こうに逃げ水現象が見える。さかさまの空がながれた。

（了）

刺青偶奇《いれずみちょうはん》

名古屋市の繁華街、栄、錦通。そこを一歩裏通りに入ると、時代が何十年も昔に遡ったかと錯覚する一画がある。流れる曲だけは今風だったが、たむろする人の匂いも、看板の色彩までもが昭和の風情がどっぷりだった。

紅子《べにこ》は友人が経営するバーカウンターで飲んでいた。同人雑誌に小説など書いている紅子は、執筆の後はこのバーでワインを嗜む。一人暮らしの気ままないつもの習慣だ。

今日ママは風邪で休みです、とバーテンに言われ、お互いもういい歳だからと笑った。いつもは何となく賑わっている店内は、ママがいないというだけで客は紅子ひとりだった。

「座った客も、軽く一杯飲めば帰ってしまうので、オレ会話が下手だから」

バーテンが、自嘲気味に言う。

「あなたはバーテンの腕は確かだし、真面目だし、なかなか素敵よ」

紅子はまんざらお世辞ではない言葉をかけて、ワインにも精通しているバーテンを頼もしく見つめた。

閉店近くになって、時々見かける常連客の若い男が隣に立った。気さくに紅子にも挨拶を交わして、踊るような仕種で椅子に座る。

男は注文したバーボンに氷を一片入れ、グラスを器用に片手で廻しながら、バーテンと声高に話している。そのうち紅子の方にからだをねじり、自分の話に相槌を求めたりした。

男の名はリョウ。二十二歳だと屈託のない笑顔で自己紹介をして、紅子にウインクまでして見せた。

紅子は息子ほど年齢が離れている男に、無意識で媚びを売っている自分を充分楽しんでいた。殊更会話を作り、酒の話から麻雀の話になって、リョウの手首に見え隠れする夕トゥーに、紅子の眼が止まる。自然に刺青の話になった。

リョウは得意そうに左腕を捲って見せた。

手首から肘までの皮膚に、細い蛇が巻きついている。色のない墨汁だけの彫は美しかった。一見して素人の作品ではないと思えた。

紅子は成り行きに苦笑しながら、空になったグラスに自分でワインを注ぎ、バーテンに視線を移す。

「商売忘れては駄目ですよ。イケメンバーテンさん」

彼はすみませんと謝りながらもリョウの腕から眼を離さず、首を竦めてみせた。

リョウが真面目な口調で言う。

「オレのこの腕のタトゥー、彫ったのは師匠と呼ばれている凄い彫り師。今はこの近くに住んでいる。会わせてあげようか」

バーテンは首に手を置き、残念そうにリョウの顔を見ながら言った。

「オレまだ仕事終われない。紅子さんは興味ありますか？」

紅子は笑顔で頷いた。リョウは瞬間軽やかに立ち上がり、甘えた声を出した。

「今日はご馳走してくれますよね」

バーを出た時には翌日に日付が変わっていた。

この時間からやっと賑わいだした通りを、リョウと腕を組んで歩いた。

ビルの地下に降りる。狭い急な階段。リョウの案内でドアを開けると、澱んだ空気のなかに薄暗い酒場があった。リョウは片手を上げただけで、その部屋を通り抜ける。奥のドアを開けるとまた細い通路。つきあたりにその部屋はあった。

リョウはドアの前で立ち止まり、急に真顔になって、怖くないですか、と訊く。紅子は首を横に振りながら微笑で返した。

「女性の平均寿命の三分の二は生きている、百戦錬磨の女ですからね」

部屋は半分が畳敷きで、二十畳ほどあった。

リョウは七十歳半ばの男に慇懃に頭を下げ、紅子を引き合わせる。

師匠と呼ばれた男は、座っていた場所からのっそりと立ち、紅子のからだを下から上にと鋭く見て、リョウが何か説明しようとするのを手で制した。

「どこの姐さんですか？」

「昔神戸で、岩城という彫り師の見事な仕事を見ました。名古屋にも凄く腕のいい師匠がいるとリョウ君に聞き、どうしても拝みたくなって」

「休憩しようか」

師匠は振り返り、奥にいる男に声をかける。壁に向かって中年の男が胡坐を組んでいた。

「岩城さん元気ですか」

唐突に師匠が、煙草を消しながら紅子に訊く。

「亡くなりました。私も人づてにですが、亡くなったのは十年以上前だと思います」

「失礼ですが、姐さんとはどういう関係？」

「元の亭主の父でした。義父です。別れて二十五年になります」

「岩城と言う名で思い出しました。息子の、というか元ご亭主の生業は、手本引き博打。幾度か手合わせしましたよ。ずいぶん昔の話ですが」

紅子は低く笑った。やはり繋がりのある人だった。リョウのタトゥーを目にした時から、過去が手招いていた。近づくと、紅子自身の身元も分かってしまうだろうと、予感めいたものがあった。

「師匠はきっと岩城親子と知り合いだと思っていました。過去に噂を聞いたことがありますから」

紅子は背筋を立て直し、自虐的に続ける。

「別れた亭主は、賭け麻雀と博打で生きている人でした」

彼方の闇が目の前に現れそうで、紅子は、黙って座っている胡坐の男に眼を移し、師匠に訊く。

「お仕事の途中でしたか」

憮然とした表情で座っている、客と思われる男の両肩に、色鮮やかな刺青があった。

「彼は雷神の刺青を消しに来ているのです。刺青は一度入れると絶対消えません。病院で手術をしても、引きつった傷が醜く残ります」

師匠の口元に冷笑が浮かぶ。独りごとのように言葉を繋ぐ。

「彼はね、今の彫りの上から肌色というか肉色を入れて、目立たなくしてくれと。無理難題です。これも時代の流れですかね……」

くぐもった声に陰がこもる。窓のない部屋は換気扇の音だけが空気を揺すって、蛍光灯の灯りが、がらんどうの部屋を一層淋しくさせていた。

リョウはいつの間にか片隅のソファで眠っていた。長い片脚が、ソファからぶらりと垂れ下がっていた。

紅子の脳裡に別れた男の後ろ姿が浮かぶ。結婚生活五年にも満たなかった男の刺青が、闇の中から鮮明に浮かび上がった。

背中の彫り物は昇り龍と下り龍。刺し入れた朱やインジゴ、ベンガラの色が眩しく冴えて、紅子は抱かれるたび、何度口づけたことか。

右の昇り龍の頭は肩にかかり、左は腰に巻きつき、墨がぬめり光っていた。刺青は、背中、両腕、尻、太股にまで及び、龍の目に刺された鮮麗な紅色は、怖いほどの迫力で紅子を痺れさす。札を切る時の諸肌脱いだ姿は、龍の化身だった。

危ない、と紅子は両手で頭を被った。

忘れ去っていたはずの記憶が、色彩豊かに広がる。今では手を伸ばしても決して届かない場所だと、安心しきっていた闇が、未練たらしく身体の洞にとどこおっていた。
これこそ心の刺青だと、消えない恐怖に、見知らぬ男の背を凝視した。

（了）

闇の色

「ワインバー・吟」は地下鉄の階段を上がり、道路を隔てた向かい側のビルディングの一階にある。

カウンターだけのバーだが、細長い店の奥の壁は、床から天井までワインセラーになっていて、主にフランス・ボルドーの赤ワインが並んでいる。ヴィンテージ・チャートの高いワインは客の目を引いた。

単品メニューにも力を入れていて、季節の野菜をあしらった魚介類の一品が人気メニューで、伊勢海老、鮑など素材にも凝っていた。

店全体の雰囲気は重厚で煌びやかだ。壁は深い葡萄色で統一され、照明一つにも気を遣い、光の反射、屈折に、グラスのワインが自己主張出来るようにと、これはマダム吟子の拘りだった。

ビールも置いているがこちらは国産で、生ビールと瓶ビールを何種類か揃えていた。

だが、なかには意地の悪い客が、フランスのビールはないの、と軽い揶揄混じりで笑う。

百本ほどご注文下されば、すぐ取り寄せますが、と半分本気で応えるが、未だ注文されたことはない。

従業員は、ソムリエ、コック、バーテンダーの数名と、バイトのウェートレスを合わせても七、八人で、吟子を加え一応売り上げを伸ばしている。

吟子は三十五歳で結婚に終止符を打った時、慰謝料としてこの店舗と、最上階の一室を手に入れた。二十年前のことだ。別れて後に「吟」を開店させてからは、仕事一筋の毎日を送っている。だが時々酔客が執拗に訊ねる。旦那は、亭主は、パトロンは、と。

吟子は軽く笑って、客の言葉をいなした。

「誰もいませんよ。ワインという伴侶が絶えず励まし、慰めてくれますから」

＊

夕方から雨が降り出した。

暦では雨水、とあり、春の兆しがほんの少し見え隠れする一日だったが、週末のせいか客足は順調で、店は活気があった。

閉店一時間ほど前に、男の客がドアを押した。

今夜も来るだろうと、確信に近いものが吟子にはあって、待つ気持が大きかった客だ。

いつもの通り、カウンターの一番奥の席に座り、屈託なく辺りを見回す。男は二十歳を少し過ぎたばかりだろうか。通い出して十日になる。

「赤ワインを一杯下さい。この店で一番安いワインを。銘柄は分かりませんから、何でもいいです」

毎回同じ言葉遣いで言い、臆する色もなく爽やかに顔をあげた。

一人で来る若い客は稀だった。彼は決まった時間に来て、必ず閉店までいる。オーダーも同じ赤ワイン一杯だけ。時々ソムリエの沢田に話しかけ、ワインに関する質問などして楽しそうだった。

この日吟子はカウンターの中にいた。マダムといってもソムリエからバーテンダーまで、その日の従業員の出勤人数に合わせ、変身しなければならない。今日は雑用係かなと周囲を見渡し、チーズの小さな片を三個、バジルを添えて男の前に置いた。

「頂いていいのですか？」

どうぞと言うより早く手が伸びる。吟子は微笑みながら、明日からのチーズは少し大きくカットしようかなと、秘かに思った。

「流れている曲は有線ですか？」

男は吟子に訊く。ダミアのハスキーな歌声が、室内の空気を緩くころがしている。

「レコードですよ。殆どの盤は私が昔集めた古いシャンソン」

「これがシャンソンですか。この店にぴったりの旋律ですね」

指でリズムを取りながら、唐突に身を乗り出した。

「マダム、今日この店何時に終わりますか？　この店で雇って欲しいのです……」

何か曰くありげだと思っていた。だが従業員を増やす算段はなかった。

「資格はあるの。バーテンダーとかソムリエとかの」

「何もありません。高校を出てから仕事を転々として。今は居酒屋で働いています。でもワインの勉強がしたくて。それに従業員の寮があると聞きましたから」

「居酒屋は、自宅から通っていたの」

「いいえ、そこも寮があって……」

最後の方の言葉を濁しながらも、彼は却って顔を真っすぐ吟子に向けた。

断る理由を考えながら、吟子は若い男の眼差しに心が動く。

「マダムもソムリエの資格、持っているのですね」

ドレスの胸元にさりげなく付けている、吟子のソムリエバッジに眼を止めた。

「あなたぐらいの若い時にね。ワインの虜になって、ボルドー地方に住んだこともあるわ。

三年ほどの短い期間だったけれど」

客に訊かれるたび応えている経歴を、笑顔で応える。ワインは男より信用できるから、と付け加えるのもいつもと同じだった。

離れたカウンターの奥から、沢田が時々気にしてか吟子を見る。彼はこの店の支配人でもあり、従業員の教育係でもあった。

沢田の軽く笑みを含んだ声が、五、六人の客の頭を越えて飛んできた。

「若い男を誘惑しては駄目ですよ。マダム」

一瞬吟子は沢田に視線を送る。長身の沢田は小柄な吟子を見降ろすように、小さく首を横に振った。だがすでに吟子の気持は、若い男に傾いていた。

「店が終われば話を聞くわ。あなたの経歴もね」

「履歴書は、今持っています」

ポケットから取り出した履歴書は、小さく折りたたんでいて、彼はカウンターの上で、丁寧に皺を伸ばした。

看板のイルミネーションが消え、従業員が順次挨拶を残して店を去った。

日付が変わる。

吟子は沢田と、鈴木隼人と名乗った男の前に座った。

履歴書には生年月日と氏名だけが書かれていて、あとは空欄だった。

学歴は、と聞くと、高校は卒業しました、と言い学校名も口にしない。本籍と両親のことも聞いたが、応えなければ駄目ですか、と切れ長な目で見つめ返す。眼差しが余りにも必死で、吟子はたじろぎ黙って見返すと、彼は肩を落として下を向いた。その瞬間、吟子の胸に痛みのようなものが走った。薄い影を背負っているかのような、項《うなじ》が儚《はかな》げに揺れたのだ。

「保証人もいないのね」

声を湿らせながら、当てにはせず訊いてみる。

「働いていた居酒屋の大将が、困った時は力になる、と言ってくれました。頼めば保証人になってくれます」

「ここで働くことは了解済みなのね。少しほっとしたわ」

「居酒屋で働きながら、ワインの勉強、独学でしていました。ワインの良い店を知っていると、ここを教えてくれましたのは大将ですから」

「どうして『吟』を知ったのかしら」

隼人がさあ、と首を傾げながら、居酒屋の店名と電話番号をメモ用紙に書くのを、迷いのなかで眺めた。

「今、電話を掛けてもいいかしら」

吟子は一応隼人の許可を取った。

夜更けたこの時間だったが、大将が出た。吟子は隼人の今の状況を短く説明する。

居酒屋は忙しさのピーク時のようで、騒がしさと演歌の音量が電話口で踊っている。

大将は父親のように、鈴木隼人をよろしくお願いします。今は手が離せませんので、後日ご挨拶に伺います、と丁寧に言い、その割にはあっさり切れた。

吟子は隼人を採用と決めた。ため息を一つ吐きながら。

身元の確かな人しか採用しない、とこれは常識のはずだ。いつもなら沢田に相談して、二人で決めて来た。その彼が、本当に大丈夫ですかと何度も顔を曇らせたが、しばらく雇って、様子をみましょうと、吟子の一存で強引に決め、最後には、責任持ちませんよ、と渋る沢田を、無理に同意させたのだった。

翌日、居酒屋の大将は、地酒を下げて挨拶に来た。吟子が留守にしていた時間帯で、沢田が応対し一時間ほどで帰ったらしい。

沢田は、大将の言葉を腑に落ちない顔で、報告した。

「大将はのっけから、隼人を褒めてばかりでした。隼人は折り紙付きの真面目な男です。私が太鼓判を捺します。どうか隼人を雇ってやって下さい、と。でも不思議ですよね。三年ほど住み込みで働いていたというのに、大将も隼人の身元を知らない。気にも留めていないようでした。何か事情があるのでしょう、と、笑っていましたから。それなのに保証人を引き受けるのですから。よほど隼人を気に入っていたのでしょうか」

吟子は、ここ十日ほどの観察で、隼人の少しひょうきんで、自称イケメンだという軽い一面も見ていた。二十四歳独身です、と分かっていることは声高に話す。自分の容姿には自信たっぷりで、どんな振る舞いをしても、誰にも咎められないことを、彼は充分知っているかのように、世間慣れした表情も見え隠れした。

吟子は隼人のこぼした声に、偶然立ち止まったことがあった。彼は両肘をカウンターに置き、背を前倒しにして、沢田に目尻で微笑みかけていた。

「一七八センチのオレより、沢田さんの方が身長、高いですよね。オレ憧れます。沢田さんのような大人に。それに男の色気っていうのですか､何か感じるのです。オレだけかな」

何気ない会話なのに、吟子は何故か背筋がぞくっとして、思わず生唾を飲み込んだのだ。

隼人の声は周囲の空気にまとわりつくように流れて、彼の言葉のトーンにこそ、色艶めいたものがあった。

＊

吟子が所有するワンルームの部屋は「吟」と同じビルディングの最上階にあり、正面玄関からエレベーターで上る。十畳のベッドルーム、ダイニングキッチン、トイレ、バス、少し広めのクローゼットもあり、以前は吟子がひとりで住んでいた。

現在は二段ベッドを置き、従業員の着替え室兼休憩室になっていて、ワインハウス、と呼ばれ、客が長引き、夜遅くなった従業員が泊まったりもしている。

隼人はワインハウスの住人になった。大型のリュックサックを一つだけ持って。

次の日から、隼人は見習いとしてウェーターの制服で店内に立った。

制服は、沢田の予備が何着かあり、隼人の体にほぼ合った。袖丈が少し長いかな、と袖口を一つ折ったりしていたが、似合っていた。

蝶ネクタイが様になっていて、誰もが誉めた。居酒屋の経験からか、身のこなしが軽い。

店の空気が変わった。爽やかな明るさと、リズム感のある声が、店全体に浮遊する。従業員全員の動きが違った。

だが一番虜になったのは吟子だったようだ。ここで働きたいと聞いた瞬間、彼を一流のソムリエに育て上げたい、との思いが吟子を突き動かしていた。初めは漠然と。次第に具体的な形となって膨らみ、今は隼人を見るたび、自然と笑みがこぼれた。

ワインハウスでの隼人は、この部屋がよほど気に入ったのか、素敵な部屋ですね、と満面の笑みで、ここでワインの勉強が出来る幸せを、従業員一人ひとりにふれて廻った。大げさ過ぎる振る舞いに苦笑する人もいたが、彼は頓着しない。ワインの本が並んでいるのを、見るだけで幸せだ、と吟子に告げた。

ワインハウスの部屋の壁の一面には、本箱が備えつけられていて、吟子が集めたワインに関する蔵書が並んでいる。産地別のワインの種類から歴史まで。ワインだけでなく酒全般に関する本も数多い。

沢田も結婚するまではこのハウスの住人だったこともあり、その頃は合間を見つけては読み耽っていた。若い時の沢田同様、隼人も仕事以外は部屋に籠って『世界の銘酒事典』から『ワインの歴史』等を読んでいるらしい。

吟子はそれらの報告を従業員から聞くたび、満たされた気持でいっぱいだった。

隼人がウェーターとして「吟」に立つようになって、彼自身にも多少の変化があった。

背筋を意識して伸ばし、颯爽とした振る舞いが目立った。客として来ていたころより、清潔感が漂う。自分のことをオレ、と言っていたのが、僕、と誰の注意もないのに変えていた。いや、時々使い分けていたが。

客層も変わってきた。

主に中年の男女が多かった店だが、若い女性客が目立つようになった。

隼人に関心を寄せているのは、吟子だけではなかったようだ。従業員は元より、常連客の間にも彼は評判となり、隼人目当ての客が増え始めた。

彼への関心度が増すにつれ、客のなかには出身地などを問い詰める者もいて「吟」は終日賑やかだった。

隼人の話には家族が出てこない。聞いてもさりげなく話を逸らす。故郷は？　の問いかけに以前勤めていた居酒屋のある隣県を言い、訛りが違う、と客に詰め寄られてもいた。

そんな時、隼人は最後には居直る。

「僕は住所不定の流れ者だから、いろんな訛りが一緒になって、これは隼人流の言葉ですよ」

あるとき客の一人と蜜柑談義が始まった。

中年の男の客は、笑って言う。

「蜜柑の剝き方なんて何でもいい。口に入れば同じ味でしょう」

隼人は真剣な表情で客に反論した。

「剝き方で味は変わってきますよ。僕は蜜柑の剝き方に拘りを持っています」

彼は客相手に、少し大げさに架空の蜜柑を剝いて見せた。まるで本物の蜜柑があるかのように。掌に載せた蜜柑はシャンデリアに反射して、輝いて見え、カウンターの客が一斉に隼人の手元を見る。初め笑って見ていた客たちの顔から徐々に笑顔が消え、全員が真剣な眼差しで隼人の透明な蜜柑を見つめた。

客の一人が立ち上がって言葉を挟む。

「その剝き方って、蜜柑の産地の人から教えられたことがある。ひょっとして隼人君の出身地は、和歌山？　愛媛？　いや静岡辺り？」

一瞬隼人の顔が曇る。

「蜜柑の話は、はい終わりです」

唐突にジェスチャーに終止符をうち、故郷も過去も僕にはありません、とおどけた節まわしで、客を煙に巻いた。

吟子も、側にいて聞いていた。他愛ない蜜柑の話だったが、彼の表情から何かが見えた。

彼の隠している闇に、触れたものがあったのだろうか。

隼人の言葉には、時々関西のアクセントがあった。訛りというほど強くはないが、語尾に少しの違和感を持った。何故出身地を隠すのか、その訳を思い描き、空想は悪い方へと流れる。訊きただすことへの不安と、彼への疑問は同じ所を廻って、結局最後には、隼人を擁護している吟子自身を見ていた。

隼人ひとりにかき回されながら、季節が過ぎる。

吟子が気付いた時には、隼人はワインハウスを本籍として登録していた。笑顔だけの了解の挨拶は、貰っていたようだったが、定かではない。

＊

芒種《ぼうしゅ》が過ぎ、雲の流れも、空気の湿度も、梅雨入りが近い事を匂わせていた。

月一度の休みの日、吟子は隼人を食事に誘った。

「何が食べたい」

訊くと同時に寿司、と返ってきた。肉より魚が大好きです、と付け加え、幼子のような笑顔をこぼした。

地下鉄で二十分ほどの所にある、駅に連結した高層ホテルは、吟子の気に入りの場所だった。

十五階の寿司カウンターで、久しぶりに日本酒を飲んだ。辛口の酒は、ワインにはない郷愁めいた味がして、ぼかし染めのように境目がない過去が、ちらりと顔を出したりする。短時間でお銚子が数本空いた。

隼人は酒の種類を問わず何でも好んだ。まだ一度も酔った姿を見ていない。

「相当お酒強そうですね」

隼人に話しかけた板長の言葉を、吟子は受けて、自分の話にすり替える。

「私の一族は皆酒飲みで、正月とか、盆、祭りなど親類が集まる度に、子どもの時から飲まされていたわ。きっと隼人のご両親も強いのでしょうね」

隼人の表情が曇る。いや吟子にはそう見えた。

意識して話した内容ではなかった。少し酔いが廻ったのか、配慮なく言葉がすべった。

「マダム、そろそろワインを飲みに……」

隼人の方が冷静だった。口元に笑みさえ浮かべていた。

「今日はワインの勉強だったわね。うちの店には置いていない日本のワインも面白いかな、と思って、隼人を誘ったのだったわ」

勢いをつけて立ち上がり、先に歩きだす。エレベーターのボタンを押しながら、少し急ぎ過ぎている自分を叱咤した。

五十二階にあるスカイラウンジの一画には、街並みを見下ろせるカウンターがあり、各国の酒類が揃っている。

エリックと呼ばれている青い目のソムリエは、日本語も堪能で、彼との会話も楽しい。

日本のワインを飲む予定が、まずはイタリアからだとDOCGワインのバローロを開栓した。

エリックは、デキャンタージュしたワインを繊細にグラスに注ぐ。

「匂い、味、温度、すべてを口中で感じてね。喉も鼻も敏感に」

「難しいです」

首を傾けながらも、隼人は素直に喜々とした表情で、芳醇な液を喉に流した。

隼人はエリックとすぐ親しくなった。産地の特徴、公式の格付け、葡萄の種類など、訊いては自分の手帳に書き込んでいる。土壌に興味を持ったのか、日本とフランスの違いを細かく質問していた。

「あなたのご両親の話が聞きたいの」

唐突に吟子は二人の会話に割って入った。エリックは目で挨拶をして後ろに下がる。

「お父さんの職業とか、何故出身地を隠しているのかその理由もね」

「もう話さなければ駄目ですよね」

何で誘われたのか、隼人はやっと納得顔で、それでも暫くは夜景に眼を泳がせていた。ワイングラスをゆっくりと掌でころがしながら。

語り出したのは十五分ほど経った頃か。

「父は自動車関係の仕事で、オレが幼少の頃から海外で仕事をしていた。家族の元に帰って来るのは一年に二、三度ぐらい。オレは父が大好きだ。だが父との思い出は、優しかった、ということぐらいしか残っていない。兄弟はいない。物心ついたときからずっと母と二人」

そこまで言って後は黙った。沈黙が少し長過ぎた。先を促すが、彼はワインに手を伸ばし一息に空けようとしてむせた。

「時間は充分あるわ。ワインは逃げたりしないから」

「母は嫌いだ。大嫌いだ」

言うなり唇を噛み、一呼吸置いて、眼を逸らせたまま語る。

「記憶を遡ると、母の手がオレのからだを撫でていた。夜が来ると裸にされて、母の舌がオレのからだを這う。毎夜の習慣だった。ただ徐々にそのことが嫌で、気がつくと逃げていた。逃げてもすぐ捕まる。初めのうちは泣くことで拒否していた、と思う。暴れたりもした、と。でもこの頃のことは自分のことなのに、夢の中の出来事みたいで、はっきりしない。本当は嫌だったのか、そうでなかったのか……それさえも曖昧で。毎夜、泣いていた記憶ばかり」

隼人は、ワイングラスを眺めながら、ことさらゆっくりとふた口飲んだ。

彼は夜景に眼を移す。吟子も同じように、窓外を眺めた。都会の空は夜の帳《とばり》が下りても重い明るさで、街はそれ以上に、七色の渦のなかにあった。高速道路が光の帯となって煌めいている。

「本気で止めて欲しいと訴え、母の胸を叩いたのは何歳ぐらいの時だったのか。母はその都度笑って、いい気持でしょう、と俺のからだをさすり、舐めた」

それだけ言ってまた口を閉じた。隼人の沈黙の重さが、夜空と重なって微かに揺れる。

「母から逃げたかった。どうして嫌なのか分からない。分からないまま十歳ぐらいの時、家出した。友だちの家だったと思う。その日のうちに連れ戻され、抱きしめられた。母が怖かった。優しくされればされるほど、どうしてだか怖くて……。父に言えなかった。先生にも言えない。あるとき、屈辱的なことが起こる。三年生か四年生か、いや、年齢は思い返すたび違っていたが、苦痛で涙まで流しているのに、オレのからだが反応するようになった。情けなくて泣きながら、自分のからだを呪った」

「呪うなんて、恐るべきことだわ」

あまりにも重い話だった。少し茶化すつもりで言葉を挟んだが、白けた間となり、次を急かすように瞬きを繰り返す。

「中学二年の夏あたりから、からだは母に反応しなくなった。母は毎夜狂ったようにオレを揺さぶり、唇を這わせた。だが、からだは萎えたままだ。オレの勝ちだ。心のなかで、大声で叫んだ。オレは逃げなくなった。ただじっと眼をつぶってやり過ごすだけだ。これで卒業までここで生活出来る」

隼人の口元が笑っているように見えた。

彼は、一呼吸置いてワイングラスに軽く唇をつけ、匂いを確かめる。すっかり慣れた仕種を、吟子は複雑な気持で眺めた。

「オレは計画を立てた。まず貯金をしよう。高校卒業と同時に、この街も家も母からも脱出しよう。父の姿を思い描いたが、決心は変わらなかった」

吟子は動けなかった。もう言葉も出てこない。隼人は硝子越しに夜空を見渡し、ひとり言のように、ぽつりとつぶやいた。

「都会なのに星が見える。たった一つだけ」

急に晴れやかな表情に変わり、肝が据わったように淡々と、続きを話し出した。

「高校卒業まで母の元にいた。高校三年の夏休み前後一ヵ月ほど、父が帰って来ていて、これからの進路をあれこれ聞かれた。父には受験する大学名を言い、自信がある、大丈夫だと笑って答えた」

硝子窓に映った吟子に、おどけた仕種で指を振る。

「オレ人を騙すのも嘘もとても上手いので」

小さく舌を出し、首をすくめる。

「お父さん、たった一ヵ月でまた海外？」

隼人は苦笑しながら何度も頷いた。

「今までずっと住み込みの仕事を探して、彷徨ってきた。保護者も保証人もいない身では、働ける所は限られていた。日雇いの工事現場が一番働きやすかったかな。変態おっさんや変な爺さんが居なければね」

急に十歳以上年を取ったかのような表情で、軽く眉を寄せた。

「変な爺さん、て？」

聞き返したが隼人は手を振って笑い、話から逃げた。吟子はやはり隼人と父との関係が知りたかった。

「その後お父さんとは連絡取っているの」

彼は首を横に振り、父にどのように話していいか分からないから、と窓外の遠くの一点を見つめていた。

隼人の眼にはすさみの色がなかった。このような過去を背負っているのに、と吟子は不思議な気持で眺める。

硝子窓に、吟子と隼人が映っていた。室内の装飾類もシャンデリアも、窓外のビルディングと一体になって宙に浮かんでいた。

リアルさは現実そのままなのに、闇に浮かんだ映像は、水に濡れた水彩画のように、景色が距離とずれて、にじんでいる。

闇の中で向き合って座った二人は、親子に見えた。あっ嫌だと思い、瞬間目を強く閉じる。再び開けるのに力が入った。

ワインは最初のバローロと、山梨県産の赤ワインが空になっている。

「次はカクテルにしましょう。これも勉強の内よ。これからはいろんなお酒を知らなければね」

吟子は陽気にその場を繕った。

「今日も私のカクテルからね」

ソムリエナイフをシェーカーに持ちかえたエリックに「マダム吟子」と自分の名前がついたカクテルを注文した。エリックに以前作らせた辛口の特製カクテルだ。

隼人はエリックの手の動きに見入っていた。シェーカーのリズミカルな音が気持よく響く。

隼人は体の向きを室内に戻し、吟子に視線をからませた。喉に詰まったものが取れて、続くべき言葉が飛び出したかのように、笑顔で喋り出す。

「父とは風呂に入った思い出があります。しっかり記憶しているのは、一度か二度ほどだけれど。思い出すとそれだけで胸が熱くなります。でも父にも会いたくはないです。どうして家族が一緒に住んでいなかったのか。母とオレを日本に、どういう訳で残したのか。母に訊いても答えてくれませんでした。謎です」

言葉を切り、何かを決心したのか背筋を伸ばした。口元に照れ笑いを浮かべながら、声のトーンを少し落とす。

「今困ったことに、男に惹かれている自分を見つけて、ドキッとします。子どもの時のトラウマが原因かな。今一番怖いのは得体が知れない、自分です」

探るような視線で吟子を見つめたが、表情に影はなかった。ここまで告白しなくてもいいのに、と吟子は慌てて、言葉を探りながら柔らかく質問した。

「それはホモセクシュアリティー、男性が好きだ、ということ」

「女性には何も感じないのに。いや時には嫌悪感さえ覚えたりして。でも男性には惹かれます。マダムの店に通い出したのも、大将が推薦してくれたというだけでなく、沢田さんがいたからです。ひと目惚れでした。カッコいい大人だな、抱かれたいな、と」

「あら、私じゃなかったの！」

大げさに驚いて見せたが、自分の道化が虚しくて、唇を噛んだ。

＊

隼人と二人でワインを飲んだ日から、吟子は胸の奥底で、滾《たぎ》った妄想が渦巻くのを持て余していた。

隼人の一挙一動がまぶたの裏に張り付き、絶えず彼の行動が気になった。女性に嫌悪感さえ覚える、と言った隼人の言葉を反芻しながら、彼の過去が吟子にも押し掛かり、愛おしさで胸が締め付けられる思いだった。

隼人は「吟」に溶け込んでいた。従業員からも客からも可愛がられて、始めの希望通りソムリエの初級資格を取っていた。これからです、と吟子に報告した時は目が輝いていた。

「お祝いをしましょう。また二人でお酒飲みに行きましょうか」

吟子は何気ない風を装い隼人を誘った。自分の愚かさに、自らを嘲りながら。

彼は微笑を浮かべながらも、軽く断る。吟子の気持が粟立つ。断られて当然なのに、失望は大きい。彼に恋したのだ、と自分の両頬を叩いたが、邪《よこし》まに傾いた想いは修正できそうもなかった。

隼人と吟子の年の差は親子ほどある。これでは彼の母親と同じだと思いながら、近親相姦は許せない。インセントタブーだ、と拳を強く握り締める。

吟子は今日まで、ジェンダーフリーを主張し、ホモセクシュアルに偏見を持たないと通してきた。隼人が男を好きになるのも、自然に受け入れることが出来た。だが母親の行為は虐待以上のものだと、考えるにしたがって、危うくなるほど気持が乱れた。彼のこれからの一歩が不安なのだ、と言い訳めいた答えを出したが、自分の子どもほどの男にときめいているのも確かで、そのような自分が一番許せなかった。

隼人の告白を、吟子は誰にも話さなかった。

重い秘密は、吟子の宝物になった。隠すことで、宝は重みを増す。沢田は知っているのだろうか、と多少の疑惑の眼を向けながら。

沢田は隼人に特別に目をかけていた。ソムリエになる素質があると見抜き、時間の許す限り自分の知識を教えていた。二人で出掛けることも多々あった。沢田に他意はないと思いたい。では隼人はどうだろうか？　沢田さんに抱かれたい、と言葉にしたあの気持が、今はどうなのかと、気になった。

隼人と沢田を結びつけ、その思いをすぐに一掃する。だが残った片鱗は絶えず揺れた。沢田は妻子がいた。それに愛妻家だ。だがこれが足枷になるのだろうか。

＊

クリスマスが終わり、暮の大掃除の季節になった。この時期は毎年、忙しさに追いかけられている。

吟子は一日が終わり、客も従業員も帰ったあと、カウンターにひとり座るのを日課としていた。一日の反省と、明日の段取りを考える時間だった。

右手にワイングラス、左手で頬を支え、グラス類の並んだ棚を眺める。

正面の壁と天井の一部は鏡で出来ていて、店の広さを何倍にも変えていた。

間仕切りと棚は硝子板で、磨かれたワイングラスもシャンパングラスも、シャンデリアの光を吸って、ブリリアントに輝き、光り、鏡と硝子に反射する。

平常心でいるときも、浮かれて饒舌になっているときにも、少しも気に留めなかったが、今夜は鏡の奥まで見通せる気がした。

現実か鏡のマジックか、ワイングラスが奥行に沿って、何列にも並んでいた。微かに揺れながら、一つの世界をつくっている。

吟子の過去が、ワイングラスにまとわりつき、陳列されていた。これは隼人によって湧き上がってきた、吟子の暗部に違いなかった。

いくら抑えても抑えきれない、幾層もの悪意と、偽りが、生々しく息づき嗤っている。

愛したり愛されたり、殺したいほど憎んだり、妬んだり。相手を苦しめる恋もした。騙した男は何人いたか。

過去と今、闇と日向、影と生身、すべてが滲み混ざりあって、この時間があった。

会ったこともないのに、隼人の母が眼前にちらつく。彼女を獣だと、その人格を打ち消しながら、だが吟子自身、悪がつく事柄にどれほど手を染めて来たことか。

年が経つにしたがい、言葉と景色が増え続け、こぼれては忘れて行く毎日の繰り返し。胸の奥底に嘘と悪を積もらせて、その重みまで生きる糧にしてきた。女が一人生きて行くという事は、そんなものだと、開き直りもした。

だがそれらすべてをひっくるめて、生身の女として、温かな血のままで、平然と呼吸している。

普通と異様には境界線なんてないのだ。吟子は自分が出した結論に満足して頷く。

棚の奥の鏡に映った吟子が笑った。目は冷たく光っているのに、頬が笑っている。

一つの想念が脳裡で渦巻く。ひょっとして記憶というものは、自分が作り上げた贋作かも知れない。過去を忘れ去ることと、記憶を捏造するのとは、同じ行為に思えた。

隼人の記憶も、すべてとは言わないが、無意識のうちに作り替えた贋作だとしたら。自ら偽りの記憶と気付かずに、後生大事に抱えていたとすれば……。

＊

突然隼人の父が「吟」に現れたとき、吟子は自分のマンションにいた。

「吟」を開店して、一年後に購入したマンションは、店から歩いて三分ほどの近さにある。吟子ひとりの城だった。

沢田からの電話は、ダイニングルームで受けた。店で会うか、この部屋に通すか一瞬迷う。開店前の時間だった。瞬時、やはり店で、と「吟」を指定して、走った。

隼人の父と名乗った男は、隼人に顔も背丈も似ていた。

沢田がルイボスティとおしぼりを出し、適当に話を繋いでいた。吟子が入って行くと、父親は立ち上がり、深々と頭を下げた。

「お世話をかけました。ありがとうございます。長い間何も知らなかったもので、ご迷惑をかけました」

吟子は返事に窮した。彼は何処まで知っているのか、と。

父親は辺りを見回す。まだ隼人とは会っていないようだ。

「彼の部屋はこの上ですから、ご案内します」

吟子は先に立ち、笑顔をつくる。エレベーターの中では、互いに気候の挨拶などで、その場を繕った。

ノックと同時にドアが開いた。その場で立ち尽くす隼人。

「ご案内してきました。お父様ですよ」

吟子は声高に言葉を投げた。

隼人がこの部屋の住人になってから、吟子はここに一度も訪れていない。思った以上に片付いた部屋はどこか冷たくて、観葉樹の一つでも置いておけばよかったと、取りとめのないことが頭を過《よ》ぎった。

ベランダに沿って置かれたダイニングテーブルに、二人を座らせ、吟子は、自分はどうすればいいか、一瞬迷う。

「二人で話された方がいいでしょう。私店にいますから。何時でも呼んで下さい」

隼人は一度も吟子と目を合わさなかった。だが硬い表情でもない。いつかこの時が来ることを、覚悟していたかのように、父親の手から鞄を受け取り、椅子の横に置いた。

店に戻ると、沢田が複雑な表情で、立ったまま吟子を待っていた。

「何故か喉がからから、生ビールを飲みましょうよ」

「わたしはいいです。それより珈琲でも持って行きましょうか」

上を見上げ、大丈夫でしょうか、と付け足し、沢田は取りあえず生ビールのジョッキを、吟子の前に置いた。

「心配しなくても、父親とは仲がよかったみたい。珈琲にケーキでも添えて、あなたが運んで下さる」

吟子は明るく表情を作った。

沢田が珈琲を運び終え、無言で吟子と並び、カウンターに座る。

「隼人の家の事情、マダム知っていましたか」

口火を切ったのは沢田だった。

「ええ、隼人から聞いて……」

「わたしも彼から直接聞いています。口止めされていましたから」

沢田は、苦笑いを口元に浮かべた。

「親の元に帰るのかしら」

話すことは沢山あったが、言葉は出てこなかった。吟子はゆっくりと立ち上がる。レコード盤に針を落とす。ダミアの『暗い日曜日』が部屋の空気を微かに揺らした。

父親が来たことは、隼人にとって良いことなのか、否か。だが、吟子には、彼を失う事は大きな損失に違いなかった。沢田に同意を求めたかったが、言葉には出さない。

低く流れる『暗い日曜日』が吟子と沢田の気持の重さそのままに、待つ時間の長さだけを計った。

二時間ほどで親子は「吟」に顔を出した。隼人の表情は明るい。吟子はほっとしながら、二人の顔を見比べる。

隼人は沢田に甘えるような視線を一瞬送る。

「マダム、今夜仕事休ませて下さい」

吟子を上目遣いに見た。

父親は、深く頭を下げた。

「駅前のホテルを取っています。今夜は隼人と二人で泊まりたいと思っています。明日もう一度伺います。よろしいでしょうか」

余分なことは一切言わず、毅然とした態度で、挨拶を残し帰って行った。

隼人たちと入れ違いに、従業員が順次顔を見せた。

沢田のいつもの朝礼が終わり、店の外看板にイルミネーションが灯る。仕事の始まりだ。

＊

翌日、店の開店に合わせて隼人は一人で帰ってきた。従業員全員に、昨夜休んだことを詫びて、頭を下げて廻っている。

吟子は早く彼と話したかった。何度も視線を送るが、彼は無視して、殊更忙しく動いていた。

閉店の時間が近くなり、常連客の二組を残して店は静かになった。

「父からです」

隼人は制服の内ポケットから封筒を取り出した。

ホテルの便箋に書かれた手紙は、父親が昨夜書いたものだろうか、宛名は吟子様ではなく、吟様となっている。

――隼人を残して帰ります――

冒頭から書かれた文面に少し怯む。吟子は顔を上げて隼人を盗み見た。

父親は、もう一度挨拶に立ち寄る、と言っていたのに姿を見せなかった。連れて帰るだけの力が父親になかったのか。隼人の決心が勝っていたのか。

――また直ぐに日本を離れます。妻も同行します。隼人をよろしくお願いします――

横書きの文面はかっちりした字と文で、ビジネスマンらしさが漂っていたが、用件だけの色も匂いもない手紙に、虚しさだけがこみ上げて来た。

＊

隼人が「吟」に来てから三年が過ぎた。

店は客足が増え、店内は常時活気にあふれ、華やいでいた。従業員も新たに三人雇い、予約客だけで、カウンターは満席になるほどだった。

隼人は仕事も勉強も忙しく、ソムリエの資格以外にもシェフの免許も修得して、周囲の者を驚かせていた。彼が休みの日には、何故今日隼人は休みなのか、と客から理屈に合わない文句が出るほどで、吟子は沢田との話の度、二人してこの成り行きに安堵の笑みをこぼした。

隼人は吟子を避けている様子はなかったが、彼との接触は店内だけで、それも仕事以外の話は出来ず、いや敢えてせず、慌ただしく日々が過ぎて行く。

吟子はこれでいいのだと、平穏な日々にまっすぐ目を向けた。従業員の私生活に入って行くのは、この道では法度のはずだから。

＊

このままの日が続くと思っていた。

置き手紙一枚で隼人は消えた。

「好きな人が出来ました。二人でフランスに行きます。マダムには感謝しています。隼人」

吟子は急激な目眩に襲われた。沢田は、と咄嗟に顔を上げ、辺りを見回す。

沢田は、昼過ぎからワインの在庫を点検していた。彼の後ろ姿に、安堵の吐息をもらす。

沢田の何に怯えたのかと苦笑しながら、脳裡を過ぎった一人の男の顔を追った。

シャンデリアの輝きが窓に映っていた。

ボルドー・ワインとブルゴーニュ・ワインの違いを、隼人に丁寧に教えていた。あの男だ、と閃く。何一つ根拠はないのに。

吟子の異常な気配を感じたのか、振り返った沢田が、吟子の顔を覗きこんだ。

「隼人、逃げちゃった」

少し震えた声で、沢田の目に縋《すが》りつくようにつぶやいた。

「ああ、やっぱり。用心はしていたのですが」

「知っていたの」

沢田は苦笑しながら首を左右に振った。

「知るはずないでしょう。想像だけです」

「エリックでしょう。相手は……」

瞬間、沢田は怪訝な表情で、否定した。

「隼人の相手ですよ。マダムも勘づいていると思っていましたが、うちの客の白川社長です」

「白川さん。女事業家で、ワイン好きで、羽振りが良いあの方ですか。でも隼人よりふたまわり以上年上ですよ。それにご主人もいらっしゃる」

「副社長のご主人は時々しか「吟」には来ませんでした。主導権は白川夫人です」

驚きよりも信じられない気持が大きく、吟子は混乱した。何よりも隼人はホモセクシュアルのはずだ。

「愛よりお金に走ったかな」

沢田は冷静だった。

言われれば思い当たる節は確かにあった。だが吟子は全面的に否定していた。彼が女に走るはずは絶対ないと。

隼人が自ら語った、記憶というものの処理に、吟子は混乱している。

からだの底に、もやっとたまった微温の霧が、いつまでも晴れない。


（了）

アナザー・ローズ

季節はいつの間にか半夏生《はんげしょう》を過ぎていた。

マンション最上階のバルコニーに並べた鉢植えの花々が、今を盛りと咲いている。いずれも塔子《とうこ》が好んで集めた紫系統の花だった。

紫陽花、桔梗、アガパンサス、薔薇も二種類育てているが、ピンクや赤、黄ではなくて、藤色と白に近い薄紫。それらの幾種類もの花は、各々の植木鉢で競い合って咲いている。

特別に作ってもらった大きな陶器の鉢は、広いバルコニーのオブジェにもなっていた。

だが今、六十五歳の塔子の眼には色も形もぼやけて、まるで夢の中の花園だった。花だけでなくすべての景色もぼんやり霞んで、現実味のない風景に、たまらない不安が広がる。

三年ほど前から少しずつ視力が落ちていた。

薔薇の香りがひときわ強く塔子の鼻腔を刺激する。匂いだけは以前と変わらず確かで、いや却って日々強く感じられ、大きく深呼吸をした。

薔薇は藤色のブルーナイルと青みがかった薄紫のブルームーン。優雅で透明感のある花なのに、濃く重い妖艶な香りを放つ。花弁が外側に反りかえり、先が尖ったボリュームのある花形は、花芯に大きな秘密を隠し持っているようで、謎めいた色と匂いに引き寄せられ、随分前に購入したものだ。

幾度も塔子の指を傷つけた鋭い棘も、薔薇の自己主張に思え、愛おしささえ感じて慈しみ育てて来た。だがこれらすべてが過去なのだと自嘲気味に唇を歪め、まばたいた。

香りを流して風が舞った。運んできた湿気を頬で測る。湿った風は梅雨の終わりに近い独特の重さがあり、季節の移ろいを実感した。

暫く佇んでいると空気が冷えてきて、雨が微かに降り出した。霧雨というか小糠雨と表現するのか、頬を撫でた雨は細く儚かった。

高台に建つ十二階建てのこのマンションは眺望が見事で、以前は時間が許す限り、街を西から東へと雲の流れに沿って、視野の届く限り眺めたものだ。ここ何ヵ月かその習慣を敢えて禁じていた。遠くも近くも見えにくく、存在感のない世界にたまらない恐怖を覚え、逃げていた。

今日は少し冷静だった。薔薇の香りに慰藉《いしゃ》された自分をみつめ、両手でからだを抱き、遥か彼方の山並みまで視線を飛ばす。

山の稜線も眼下に広がる街並みも、デパートの屋上も、雨のしずくで花の色がにじみ出たのか、眼球が紫色に変色したのか、すべてが淡く薄紫に煙って、薄い布を通して見るような景色だった。

思っていたよりも遥かに視野が狭くなっていた。焦点が定まらない。いや、合っているのかどうかさえ分からない。塔子は確実に視力が落ちて来たことを、あらためて自覚した。それも今まで以上に早いスピードで。

＊

子どもの頃から眼を患ったことがなかった。目性がいいと学校での眼科検診の度に言われ、二・〇の視力を自慢に思っていた。

長い年月視力は衰えず、五十歳を過ぎてからの運転免許証更新時に、初めて両眼とも一・五になっていることが発覚する。だが乱視はなく、良い目をしていますね、と検査員に言われ、塔子は苦笑した。

年齢とともに新聞が読みづらくなり、老眼鏡をかけるようになったが、一・五の視力はそのままで、遠くの看板も標識も裸眼ではっきりと見えた。

塔子が六十歳の秋、五歳上の夫が亡くなり、その二年後辺りから視力が落ち出した。景色がいつも霞んで、眼を細めて焦点を探る。老眼鏡を掛けているにもかかわらず、新聞まで読み辛くなり、だが齢のせいだと深くは考えなかった。

半月ほど気を紛らせながら過ごした。元々目には自信があったから。生まれて初めて眼科に行ったのは、知人が白内障の手術をして、本当によく見えるようになった。あなたもきっと白内障よ、と電話してきたからだ。

国立付属病院の眼科医は、知人の指摘通り、事もなげに『白内障です』と診断した。だが、まだ大丈夫ですよ。手術はもう少し先にしましょう、というその眼科医の言葉を信じて数ヵ月過ごす。

視力低下はその後も進んだ。視野が日を追って狭くなり、景色がモノクロームにうるみ、脳裡の闇がまるで溶けだしたような世界だと、心がざわめき、不安が強まった。

何度も眼科に足を運び、やっと順番待ちで白内障手術施行。見えるようになることを信じていた。

手術後、一週間たったが視力は元に戻らず、手術前より見えにくくなっていた。

＊

その日は眼科での検査の後、内科に廻された。

塔子の前に座った内科医師は、五十代半ばぐらいの女性で、凛とした風格があった。塔子はすがる気持で医師を見つめる。

簡単な問診、検診のあと、血液検査、続いて髄液検査。

「血液、髄液検査の結果は後日お知らせします。眼科の蛍光眼底造影検査、頭部CT検査は異常ありませんでした」

医師はそれだけ言ってあとしばらく、厳しい表情で書類を繰っている。塔子は端正な医師の横顔を凝視しながら、徐々に動悸が激しくなるのを自覚した。

「少し質問します。あなたは主婦以外の仕事に就いたことはありますか」

「いいえ」

間を置かず応えた言葉に被せて、医師はゆっくりとした口調で、塔子を正面から直視した。

「それではご主人の略歴、簡単でいいですからお答え下さい」

「私ではなく、夫の略歴ですか」

何故私ではないのか。塔子の全身を漠とした恐れの感情が走り、大きく揺れた。

医師はゆっくり頷き、無言で塔子の答えを急かせるようにボールペンでノートをつついた。その気迫に押され、塔子は夫、哲人《てつと》の生年月日を言った後、言葉を区切るようにして略歴を述べた。

「高城哲人は国立大学法学部を卒業後、法律関係の仕事を経て、裁判官を定年退職。六十五歳で死亡しました」

「病名は？」

「大動脈瘤破裂。ゴルフ場で突然死でした」

「結婚は？」

続けての質問に、どうしてそこまで訊かれるのか、と再び疑問が渦巻く。

「哲人二十七歳、私二十二歳。交際は在学中からしていましたが、私の大学卒業と同時に結婚しました。子どもはありません」

「今までの病歴は？」

「風邪をひくぐらいで通院歴も入院歴もありません。二人とも健康でした」

健康という言葉に特に力を入れた。

質問を訊き終えると、医師は世間話をするような気楽な表情に変わり、哲人の生活態度、性格、結婚生活、特に性生活まで詳細に訊いてきた。

「ご主人が風俗関連の店とか行かれたことは」

質問の仕方は穏やかなのに、内容は重たかった。塔子は背筋を立て直し、一呼吸置いて応えた。

「ないと思います。夫は真面目な人でしたから」

風俗、という言葉に、何か場違いな質問だと一瞬否定し、思いとは別に声が震えた。両掌を握りしめ、拳に一段と力を入れる。

「海外旅行は行かれましたか。奥さんと同伴でなくて、男同士とか独りで。ゆっくり思い出して下さい」

瞬時言葉を失う。医師が疑っている病名が一つ二つ塔子の頭の中を巡る。

「たぶん一度だけだと思いますが、あります」

言いながら、哲人が職場の同僚と行った東南アジアへの海外旅行が、記憶の隙間からこぼれ出た。結婚後十年ほど経った頃だったと、その時の旅行を蘇らせる。

でも一度として、何ひとつ、疑ったことなどなかった旅行だった、と声には出さず、唾液だけを飲みこんだ。

塔子の鼓動が激しく打つ。胸のなかで暴れ出したマグマが流れ出ようとしていた。両手を交叉してからだをきつく抱きしめ必死に止めようとしたが、前にも増して震えが全身を襲う。何か想像もつかない、怖い場所に引きずり込まれようとしていた。思わず塔子は哲人に助けを求め、だがその哲人がきっと因なのだろうと、顔を両手で覆った。

医師は、パソコンの画面と彼女自身が箇条書きにした用紙を見ながら、何度か頷き、ご苦労さま、と視線を塔子に流した。

「血液検査の結果が出る一週間後に来て下さい」

「何か悪い病気でしょうか」

「それを今から検査します」

後は口を閉じ、お大事に、と低く言って、くるりと椅子を廻し、背を向けた。

診察室のドアを閉め、会計の窓口近くの椅子に背筋を伸ばして座る。気持が波打ち、からだの奥底まで震えていた。両手でつくった拳を、胸のあたりで握りしめ、しっかりしなければ、と軽く叩く。自分に鞭打たなければ倒れてしまいそうだった。

視野の中で薄紫の色が揺れた。同時に匂いが流れる。芳醇なブルーナイルの香り。

中央に置かれた丸テーブルに、大振りの花瓶が安定感よく置かれ、幾種類かの花が活けられていた。薔薇が中心の活花は、赤みを帯びたピンクから白、黄色が大半で、薄紫も三本ほど交じっている。そのなかの藤色をした薔薇に塔子は吸い寄せられた。四季咲きのブルーナイルは、秋には小振りな花が咲く。香りも少し薄まって、だが存在感はあった。

診察前にこの場所を通ったはずなのに、少しも気付かなかった。何も見えてなかった。過去の生活の一端があぶり出されたことで、気持が粟立ち、何かにすがりたいと思う心のどこかに出来た空洞に、薔薇の香りが、すとんと落ちた気がした。焦点を合わせ、眼を細め一輪だけを見つめる。藤色が滲んで、胸の痛覚を意識しながら、もう動きたくない、このまま時間が止まればいい、と脈絡のない思いにからだを委ねた。

＊

苦しい一週間が始まった。どうして哲人の生活態度まで調べるのだろうか、と漠然と分かっていながら、答えが怖かった。それでも知っている病名が次々に巡る。

エイズ。それとも淋病とかの性病の類。

梅毒、まさか、と声に出す。

他に何があるのだろうか。そこまで考え、いやそんなことはあり得ない、と否定する。哲人が風俗関係の店に行くことなんて絶対ないから、と彼を擁護する。でも、やはりあの海外旅行は、と堂々巡りの疑問符ばかりが頭のなかで理不尽に踊った。

一日が長すぎた。新聞を広げても、テレビをつけても、うつろに空中を眺めているばかりだった。外に出たくもなかった。

＊

生活のリズムのないまま一週間を過ごし、病院の門をくぐった。

塔子は、今日は取り乱さないように、と意識して正面を見据えて歩く。気持にも余裕を持たなければと、待合室を見渡したが、先週の薔薇の活花はもうなくて、陶器の花瓶だけが影をつくっていた。

この前と同じ医師の前に座った。髪を小さくシニョンに結った女医は、目もとで優しく挨拶をして塔子への気遣いをみせた。塔子の胸がふっと軽くなった。

一週間前この部屋を出てから今日まで、誰とも会話をしていなかったと座ってから塔子は気付き、お願いしますと、声を振り絞るようにして出した。

「高城塔子さん、血液検査の結果、あなたの梅毒性反応は陽性でした。視力の低下は梅毒によるものです」

医師は一瞬塔子の顔に視線を当てたが、直ぐに続ける。

「梅毒に感染後、適切な治療がされないまま経過すると、症候性神経梅毒へと進展し、視神経障害をきたすことがあります。視力低下は神経梅毒による視神経萎縮です」

急に頭を殴られた気がした。聞きなれない病名に戸惑いながらも、やはり梅毒だったと絶望の波が身体を駆けめぐる。

梅毒、という病気は知っていた。性的接触による性感染症、ということとか、皮膚に赤い発疹ができる、といった浅い知識だったが。

塔子は早口で、訴えるようにたたみかけた。

「梅毒性反応が陽性ということは、私が梅毒に罹っているという事ですよね。どのような病気でしょうか。私詳しくは知りません。でも梅毒は過去の病気ではないのでしょうか」

何度か疑った病名だった。だが否定し続けていた。今梅毒患者は日本には殆どいないのではないか、と漠然と思っていた。

「多分ご主人からの感染でしょう」

医師の表情から憐れみが読みとれた。辺りが暗くなったのは眼のせいだろうか。それとも衝撃が強すぎて、軽い意識障害が起きたのか。医師の姿も診察室も輪郭がはっきりしないまま滲んでいる。

医師は淡々と話を進める。声だけははっきり耳に響いた。

「梅毒はペニシリンの発見以降、治癒可能な疾患となっていました。日本でも一九六七年のピーク以来、患者数は減少していましたが、一九八〇年代に入り、再び増加の傾向にあります」

増加、という箇所を少し強く言って、医師はちらりと塔子の顔を見た。だが説明は切れることなく続く。

「最近の日本では一九八七年をピークとする流行が見られ、特に女性感染者数は二〇一〇年統計から、五年後の二〇一五年には五倍の患者数です」

医師の声が低く床を這う。その言葉をひと言ひと言拾い上げるようにして、塔子は胸にたたむ。唇が渇き、気が付くと下唇を強く嚙んでいた。

「潜伏期は十年から十五年。一般的に梅毒は感染時期によって第一期から第四期までに分けられます。感染力のあるのは初めの二年。第一期と第二期。第一期は感染後三週間で、外陰部の周囲にリンパ節腫脹などが出現し、第二期は感染後三ヵ月でバラ疹などの発疹が全身の皮膚粘膜に生じます。その後潜伏期に入ると、感染力はなくなり、無症候性のまま経過します。全体の三分の二は症状が出ずそのまま一生を送ることが出来ますが、三分の一は第三期梅毒に進行します」

医師は大丈夫ですか、と塔子の顔色を窺い、パソコンの画面を見ながら続けた。

「第三期、第四期は晩期梅毒で中枢神経症状や大動脈解離性動脈瘤、大動脈弁閉鎖不全、

梅毒性視神経炎、視神経萎縮などが出現します」

漢字を見なければ頭に入って行かないような病名を立て続けに聞かされ、塔子はそれでも頷きながら、自分は今何期に入っているのだろうかと、おののく気持でからだを硬くした。

医師がからだをずらした。意識的にそうしたのだろうか。パソコンの画面に並んだ文字が塔子の眼を射る。

《精神知能障害、痴呆、痙攣、全盲、やがて四肢の麻痺をきたし、最終的には臥床状態となる》

太く大きく書かれた末期の症状に、戦慄が走った。

医師はパソコンを閉じ、膝を突き合わせるほど椅子を寄せ、塔子と向き合った。

「あなたの場合、現在第四期。晩期梅毒だと思われます」

「現在第四期」

塔子は医師の言った言葉を、ぼんやりと繰り返した。自分の身に起きている病状なのに信じられない気がした。だがその状態は瞬時に消える。冷たく重い現実がからだの中で渦巻いた。

「私の眼は、このまま見えなくなるのですね」

「ご主人の死因は大動脈解離性動脈瘤でしたね。間違いなくご主人からの感染です。先に言いましたが、潜伏期間が十年から十五年ですから。症状が出るまで分からない場合が多くて、手遅れになる率が高いのです。出来るだけの治療はしますが……」

「私、何も悪いことしてないのですが」

自分が何を言っているのかも分からないほど、思考の射程が長く屈折して、からだ全体が硬直し、椅子に座っているのもおぼつかなかった。

「ご主人は風俗とか俗にいうヘルスとか、そのような所へ行かれたことは……」

「いいえ」

前にも訊かれたと頭の片隅で思いながら、小さな声で答えたが、首を強く左右に振り続けた。

「ご主人に梅毒の症状は？」

「ありませんでした。絶対に何もなかったと、言い切れます。ほんとうです」

医師の顔を正面から見据えて、今度は左右に肩から大きく振り、からだ全体で訴えた。どのように言っても、何も変わることはない、と分かっているにもかかわらず、必死になっている自分がいた。

「では塔子さん、あなたは梅毒性バラ疹という赤い発疹などの症状がでたことはありませんでしたか」

「ありません……」

言ってから急いで言い直す。

「いえ分かりません」

「脱毛とか発熱、倦怠感などの全身症状は？」

「分かりません。元々元気ですから発熱も自覚がありません。視力の衰えだけです」

塔子はうろたえて言葉が上ずっている自分の姿に、情けなさを覚え、両手で頬を強く押さえた。

「梅毒に罹っていても発症しないケースもありますが、感染はします。間違いなくご主人からの感染です」

淡々とした医師の声が、空気に棘が刺さっているかのように聞こえ、思わず両耳を掌で押さえた。

「先生、私の眼は治りますか」

再び訊いた。

「両眼とも梅毒性視神経萎縮ですから、治癒は期待出来ません」

出来るだけのことはしますが、と繰り返し言って、医師は目を逸らせた。

辺りが一層暗くなった。どのようにして病院を出たのか、家に辿り着いたのか、記憶がなかった。

*

翌日から三日間検査入院。両眼視力低下以外知能障害、失語障害などはなく、帰宅。哲人がまさか、と何度も同じ言葉を繰り返し、何も手につかないまま数日を過ごした。

結婚歴三十八年、仲のいい夫婦だと自覚していた。哲人は気難しい一面もあったが、真面目で優しい人だった。仕事柄いつも毅然としていた。部下にも慕われ、彼らと年に三度ほど我が家で麻雀の卓を囲む。ときには塔子も入っての四人麻雀。終わると塔子の手料理の食事と酒でもてなすのも、塔子の楽しい仕事だった。

梅毒は何処の時点で哲人の体内に侵入したのだろうか。海外旅行先でと思いながら、それさえも曖昧模糊として、断言できるだけの材料はない。それより、哲人に病気の症状はあったのだろうか。

医師に尋ねられた時には『ない』と断言しながらも、今も手探りの状態が続き、何ひとつ解明出来ていない。

二十年ほど前に遡り、哲人の行動、出来事を思い返し、夢の中を手さぐりでさ迷うような覚束なさに、考えだすと、眼前に広がった闇が手招く。

ガラス戸を開け、外に出る。バルコニーの手すりに縋り、からだを乗り出す。真下の中庭が大きく揺れて、怖さに眼をつぶると、背後から薔薇の香りが塔子を包んだ。

薔薇の花は咲き終わっていた。匂いだけが残っているのだろうか。引きずられるように後退さる。

危うい命を助けてくれるのは薔薇だった。風だった。真上を飛ぶ飛行機の爆音も命綱のひとつだった。

塔子は何か答えを出さなければと焦り、答えを出さないうちは先に進めなくなっていた。自分の精神状態が日々壊れていくのが分かった。仕方なく一応結論をだす。

哲人には塔子に隠し通した過ちの過去があった。だが梅毒の自覚症状はなかった、と。感染者の三分の二は、無症候性のまま一生を送ることが出来る、という医師の言葉を反芻しながら。

＊

過ちがあったとなると、次はどんな女性だったのか、一日中見知らぬ女が脳裡を揺さぶった。

哲人の両親も、塔子の親たちとも永別していた。生存していても話せる内容ではない。

哲人の友人たちとは彼の死後疎遠になっている。たとえ連絡がついても訊ねる訳にはいかず、梅毒と病名を出すことは何があっても出来ないことだった。塔子自身の記憶に頼る以外に方法はない。

哲人は潔癖な人だった。風俗関係などもってのほかで、ホステスが横に座るのも嫌った人だ。結婚後の哲人からは女性の匂いなど一度としてなかった。

酒の席はいつも一緒、彼が同僚と外で飲むときでも、塔子は呼び出され、当然のように腕を組んで帰宅した。

ゴルフのときはどうだったか。塔子が興味を持たないスポーツに行きあたる。ゴルフの後は麻雀だと、毎回遅かった帰宅時間。信じきっていて、何一つ疑う余地のなかったあの空白の時間が、闇の中からひょっこり顔を出した。でもまさか、と否定する。

哲人が倒れたのもゴルフ場だった。プレイ中に意識不明になり、救急車で運ばれた。塔子が駆け付けたときには、すでに息はなかった。

＊

性交渉をもった最後はいつだったのか。亡くなってから二、三ヵ月は、涙で滲んだ記憶を何度も蘇らせていた。それも薄れて来たこの頃だった。

ゴルフ場で倒れた日は十一月十三日、明日はゴルフだというその夜、いつものようにベッドインした。

思い出したくないと首を振りながら、簡単にその日の夜が頭のなかを占める。

「ゴルフで優勝したら二人で京都へ行こう。嵐山で見つけた塔子の気に入りの料亭で丹後ワインを飲もう」

「丹後でカベルネ・ソーヴィニヨン栽培出来るの」

塔子は、自分の好きな赤ワインの葡萄の種類を訊ねた。

「どうかな？　日本の土がカベルネ・ソーヴィニヨンに合うかどうかだよね。まあワイン好きな著名人が推薦していたから、大丈夫だろう。それにボルドーの赤も勿論置いてあるさ」

彼の慈しむような愛撫の手が、塔子の唇から首を這い、ゆっくりと両乳房の間を撫でる。乳輪は軽く指先で、その下へと移動。塔子はからだを反って小さく声を零す。

塔子と身長差が二十センチほどあるからだの大きな哲人は、軽々と塔子を自分の腹の上に乗せ、両腕で塔子の背中に手を廻し柔らかく抱く。彼の好きな体位だ。掌の動きも手触りも塔子のからだの奥の琴線を震わす。だがこの日、いつも温かい哲人の掌が異常に冷たかった。思わず声をあげる。彼は小さく笑って塔子の背中に、ピアノの鍵盤を叩くように指を躍らせた。

鮮明に蘇ったあの夜の会話と感触。冷たかった手を訝ったのは一瞬で、からだを離した後もしばらくお互いのからだを撫でていた。哲人はあの夜も優しかった。

丹後ワインうれしい、と何度も耳元でささやいた塔子の声が、今自分の耳元に蘇り、思わずふっと吐息が出た。

急に現実に返る。鳥肌が全身に立つ。次の瞬間激しい憎しみの塊がつき上げてきて、抑えきれず拳を握る。あのときすでに哲人から流れ出た毒は、塔子の体内を泳いでいたのだ。沈黙を続けながら。命尽きるまでこのような感情の嵐の中でもだえるのかと、持って行き場のない憎悪に、新たな絶望の涙が冷たい。

眼は日を追って視野が暗くなっていく。いずれ近いうちに見えなくなると分かっているのに、全盲となる日が本当に来るのだろうかと、心のどこかで未だに信じられなくて、現実から逃避しようと、もがいている塔子自身がいた。

朝、目覚めるとまず掌をかざす。指がしっかり見えているかどうか。手の甲と手のひらとを交互にいく度も振りかざしながら、まだ見える、とつぶやく。
見えなくなる不安は胸を圧迫し、頭も心も痺れさす。
《いつかは全盲となるその時と、命が尽きるのとどちらが先か》
繰り返し過ぎるフレーズを、首を激しく振って飛ばした。

＊

一ヵ月に一度病院に行く。簡単な診察と薬を受け取る。それ以外、部屋から一歩も出ない日が続いていた。どこにいても恐怖がついてくる。梅毒という菌が四方から攻めて来る。眼をつぶってもベッドに潜っても追いかけて来た。

リビングルームのバルコニーに面したソファーに、居場所を見つけた。深く座り空を見る。空も雲にも、ひょっとして手が届くのではないかと錯覚しながら、ずっと雲の様を追いかける。追いかけては後戻りして、また追いかける。一日がどうにか過ごせそうだった。日を追って空も雲も雄弁だと知った。塔子の話を少し聞くだけで優しく応えてくれる。マリンブルーの空も、真綿色の雲も、いや黒雲だって塔子の不安を、ほんの少しだがすくい取ってくれた。

だが雲は気流や影のいたずらで、時々塔子を苦しめた。白い重量感のある大きな雲を、これは白熊だと微笑もうとした刹那、哲人の顔に変わった。全身の血が逆流する。息苦しくて両手を首に当て、急いできつく眼をつぶった。眼裏に先程見ていた白い雲が広がり、ゆっくりと流れる。群青色の空が瞑った眼の中に鮮やかに広がった。

視力を失っても見えるものがある、とゆっくりとした動作で雲も光も空も、眼裏に抱き込んだ。

青空に雲のない日があった。天上はどこまでも深く、ブルーのインクを流したような無限が続いていた。

静かで音の消えた一瞬、突然に現れた飛行機雲は、下から真っすぐ真上に雲のレールを引いた。光に消された機体は見えず、雲のレールだけがまぶしい。そのまま彼方の世界に連れて行ってくれるというのだろうか。ガラス越しに首を伸ばしてレールの先を見つめる。時間の経過を忘れ、消えるまで眺めていた。

＊

やるせない気持で日々を過ごし、気がつくと季節が一つ過ぎていた。鏡に映る容姿に愕然とする。鎖骨の浮き出た首筋は体重が四十キロ切れたことの証で、指先でゆっくり撫でた。

日用品はすべて配達を頼んだ。野菜からワインまで電話一つで届けてくれる。

食事も満足にせず、部屋にこもって雲ばかり見ていると、急に大声をあげたくなる。力いっぱい金切り声をあげ、自分の声に驚き辺りを見回すが、声は誰にも届かず、空中分解して虚しさだけが残る。

気がつくと、バルコニーの薔薇も紫陽花も桔梗も無惨な姿で枯れていた。水やりも剪定もましてや植え替えもせず、わたしと心中しましょうね、と勝手な言い訳で、毎日冷やかにプランターや枯れ葉で痛んだ植木鉢を見渡していた。

ふと何かが脳裡を過ぎった。何年か前、十年ほど前、いや年数は定かではないが、哲人がまだ健在だった頃、急に一つの情景が浮かぶ。

いつかのあの日、花の手入れをしていた。枯れた花の株を抜き、土を入れ替え、肥料を施し、苗を植える。

好きな仕事だった。太陽と水の感触が心地好い。土も園芸用で優しく、手袋を通して温もりが伝わって来る。だが始めて三十分足らずで腕も首筋も痒くなった。肌は人一倍敏感だった。花粉でも鱗粉でも炎症が起きた。小さな一ミリ程の虫でさえ、刺すというより腕に止まっただけで赤くなる。でもこれもいつものこと。その個所をさすりながら目をとめると、腕の内側に発疹状の赤みを見つけた。やはり虫に刺されたのだ。急いで部屋に入り薬を塗った。痒みは数分で消えた。痒みはあったのか？　最初からなかったような気もする。だがこのときは、赤みだけが何日か後には複数になって、両腕と太股にも滲んで広がった。

何の疑いもなかった。以前毛虫の毛に触っただけで、両脚両手に発疹ができたことがあったから。

急に背筋に悪寒が走る。あれが梅毒症状第二期、バラ疹だったのだ。あの年の夏の終わりから秋にかけて、虫に刺された傷痕だと信じて放置していた、赤い判で押したような痕。痛くも痒くもなかった。薔薇の花というより楊梅《やまもも》の花に似た、赤い発疹。あれがバラ疹だ。

小さな薔薇の花が脳裡を舞う。胸の奥が絞るように痛い。鼓動が早く打って、めまいが襲う。あのときならまだ治癒の方法もあったのに。唇を嚙みしめると涙があふれた。

＊

薔薇はもう一つの思い出にも繫がった。

哲人は結婚当初、花が好きだという塔子に、仕事の帰り、度々切り花を買ってきてくれた。

「私ね、花は根のある花、特に宿根草とか花木が好きなの。切り花は可哀そう。あまりにも命が短すぎて」

悪いと思いながらも、塔子は彼に告げた。その時から、バルコニーの花の苗は殆ど哲人のプレゼントに変わった。

ブルーナイルという藤色の薔薇も、塔子の誕生日に、大事そうに抱えて帰ってきた。ボルドーの赤ワインと一緒に。翌日二人で植えたのは十六、七年ほど昔になる。

哲人の視線はいつも塔子に向けられていた。私幸せよ、と塔子は何度も言葉で伝え、抱きつき、彼の頬にキスの雨を降らせたことか。そのつど彼の答えは分かったというように軽く二、三度頷き、眼で笑った。

＊

空があまりにも高い日、見渡したが雲はなかった。澄んだあざやかな青空はどこまでも深く、空が香りを放っていると、塔子はからだ中で匂いを吸った。

日が経つにしたがって塔子は自分の気持ちが変化していることに気付く。一日の殆どすべてを哲人との思い出のなかで過ごしていると、憎しみも絶望も褪せてきて、彼の優しい眼差しの中を漂っている自分しか見当たらなかった。哲人に移されたであろう梅毒でさえ、嫌悪しながらも抱きしめている自分に、おののきながら苦笑する。あきらめが早くも支配しているのだろうか。哲人の限りなく大きい包容力を知っているのは私だけだ、と空や雲に向かって何度も言い、なのに何故こうなったの、と渦巻く疑問符も、間が遠のき薄れていく。

＊

立冬が過ぎたころから塔子は家から少しの時間でも、出るように心がけていた。一歩外に出ることによって、なにかの兆しを求めたいと、痛切に思うようになっていたから。だが目的のない外出は虚しく億劫で、相変わらず閉じこもっていた。

国立病院の眼科と内科に、眼の経過と薬を貰うため一ヵ月に一度通っている。未だに外出はこの時だけだった。用心のためにしっかりと杖を持って。

帰り道、地下鉄の駅を一つ手前で降りた。考えていた訳ではなく、とっさに降りたのだ。久しく通らなかった裏道に足を向ける。風もなく暖かかった。廻り道をしながら歌を口ずさんでみる。昔流行った歌謡曲。久しく歌わなかったメロディーに塔子自身照れていた。人の気配もない昼下がりだった。

道の両側は民家が並んでいる。思わず通り過ぎてしまいそうな少し奥まった一画に、いまどき珍しい昭和の初期を匂わすようなカフェがあった。

建物の前に小さな花壇があり、剪定された太い株が幾本かある。薔薇の株だと分かる。

花も葉もないのに木が匂っていた。最近匂いに敏感になったと振り返り、視力と引き換えかな、と片頬で笑う。

眼を細めて看板を見上げる。《珈琲とワイン》とあり、深い紫色で大胆に描かれた葡萄が、蔓の模様と調和して外壁を飾っていた。

気持が動く。

ドアを押すと重い空気が揺れ、ワインの樽の匂いと珈琲豆の香りが鼻腔をくすぐる。低くシャンソンが流れ、いらっしゃいませ、とハスキーな声が響いた。

明るい外から入ると一瞬中は暗がりで、塔子の眼には何も見えない。音と匂いだけの室内はまるで幽玄の世界だ。動きが取れずその場で立ち尽くしていた。

ハスキーな声の女が、ご案内しましょうか、と言葉と一緒に手を取られた。初めての経験に少しうろたえながら、お願いします、と返す。

「カウンターとテーブル席があります。どちらになさいますか」

テーブル席に、と案内されるままに座る。温かい手が座るまで導いてくれた。

やっと慣れて来た眼で見渡すと、ぼんやりとした視界に珈琲を飲んでいる二、三組の男女が見えた。

ハスキーな声の女はマダムと呼ばれていた。年齢は塔子より少し下ぐらいだろうか。カウンターの中にソムリエらしき男と、ウェートレスの女性が影絵のように揺らいでいる。見える範囲内をゆっくり見回し、塔子は自分の好みの店だと心が軽くなる。雰囲気はクラシックで、何となく清潔感が漂っている。塔子の座ったすぐ後ろの壁はワインセラーになっていて、好みのボルドーの銘柄が並んでいた。

塔子は週に二度ほどワインを飲みに通った。テーブル席に座り、ワインはハーフボトル一本と一切れのチーズ、少しの干し葡萄とバジルがあれば昼食は終わる。ミニトマトを三個ほど、マスターでもあるソムリエが、ガラスの小皿に入れて塔子の前に置く。あまりにも小食な塔子を気遣っての心配りだろう。

古いシャンソンのメロディーが店全体を包み、ときには静かにブルースが流れた。

＊

気がつくと風も陽射しも柔らかくなっていた。ニュースで桜だよりを知る。

眼は確実に見えにくくなって、杖も白杖に切り替えた。

このカフェで一人の女性客と知り合った。彼女は全盲の詩人で、マダムの幼友だちだと説明された。いつも数人の仲間と一緒だったが、取り巻きの男女は彼女のファンだという。

彼女から頂いたCDの詩集を聴いたことがきっかけで、親しく話すようになった。いや彼女が、私の目はほとんど何も見えないのよ、と語ったそのときから、塔子の方から近づいたのだ。

何度かカフェで会ううち塔子は訊ねた。

「まぶたの裏は暗闇ですか」

無遠慮なその問いに、詩人は微笑をたたえ、詩を口ずさむように応えた。

「ミルクホワイトの空が広がっています」

「ミルクホワイト。ミルクホワイトって乳色ですか」

驚いて言葉を繰り返した。真っ暗だと思いこんでいたから。

「私の場合、光と影はぼんやりと区別がつきます。ミルクホワイトからミルクブラック。綺麗で楽しいですよ。手触りと匂い。声と気配と音。この店のバックミュージックは有線ではなく、レコードでしょう。レコード盤に針が擦れる音。素敵なものは限りなく広がって、空気は優しい。自分の声を聞くだけで幸せな気持になれますから」

詩人は、小学生のとき事故で視力を失い、その後ずっとミルクホワイトの世界で暮らしています、と微笑んだ。

塔子はまじまじと彼女を見つめた。自分の心がミルクホワイトに染まって、しっかりと温もりを抱いていた。

「手触り、匂い、声、気配、音」

何度もつぶやく。

詩人がカフェに姿を見せなくなったのと、街が陽気に騒がしくなったのと、どちらが先だったか。カフェの店内で海や山の話が飛び交っていた。

ファンだという取り巻きは依然と変わらず、詩や小説の話で賑やかだった。

塔子は敢えて詩人の消息は聞かなかった。塔子自身いつ消えるか分からない存在だったから。

＊

マンションの部屋からカフェの方角を見降ろす。また元の閉じこもりの毎日が続いていた。

白杖を持っても歩きづらくなり、会話がなくなって何ヵ月になるのだろうか。

詩人との出会いは幻の時間だった、と優しく真綿のような想いを抱きしめて、カフェの店内に流れていたシャンソンの題名を声に出し《思い出のサントロペ》をハミングする。

次の一曲を選ぶ。《時は過ぎてゆく》これもハミング。

それから……と次の曲名を探ろうとした瞬間、シャンソンもカフェもワインの匂いまで消えた。頭の中が無になった。

やはり現実ではなかった。夢だったのだ。

すべての思いに黒雲がかかる。ほんとうに詩人に出会ったのだろうか。あの《珈琲とワイン》のカフェも、幻想だったのか。果てしなくぼんやりが続き、自分の記憶が限りなく曖昧になった。

だが確かなものがあった。手触り、匂い、声、気配、音、この言葉だけは生きている、と声に出し、呪文のように何度も繰り返す。今の生きる糧だった。

＊

最近はバルコニーにさえ出るのが億劫で、ガラス越しに外を見渡す。

バルコニーは勝手に生えた雑草が我がもの顔に茂り、枯れ葉を踏みつぶして空を仰いでいる。紫陽花は無残に枯れて、株らしきものが残っているだけだ。元気良く伸びた名もない木々が、雑草と同じく勝手気ままに蔓延《はびこ》っていた。

雑草に交じって花が一輪咲いていた。それも痩せて色艶のない小さな花が必死で咲いていたのだ。薔薇だ、小さいが薄紫のブルームーンだ。辛うじて植木鉢で分かる。薔薇の木は伸び放題で薔薇という面影もなかったが。

ブルームーンが愛おしくて頬で笑いながらガラス戸を開け、薔薇に近付く。笑った顔が急に引きつった。褪せて萎んだ薔薇は、私の腕と脚に咲いた薔薇と同じ大きさだった。バラ疹にあまりにも似ていた。一瞬からだの芯が大きく震え、息を整え辺りを見渡すと、眼前に荒野が広がった。

＊

最近また視力が落ちた。身体に異常はなかったが、体力は極端に弱っている。

（了）

炎の残像

正午過ぎの地下鉄の車内は立っている人が殆どいなくて、ゆったりとした空気が流れていた。

凛子は最近通い出した「ワイン教室」の講義と試飲を楽しむため、週一度、三十分足らず車中の人となる。

いつもなら座ると同時に、ノートを広げる。先週習った個所を復習する時間だった。乗客の半数以上はスマートフォンに眼を走らせている車中で、まるで小学生に返ったみたいだと、気持のなかで首を竦め、少しの気恥かしさを覚えながら、ワインの産地を暗記する。

今日は違った。座った瞬間、吸い寄せられるように斜め前の男に眼が止まった。

男は膝の上に置いた書類らしきものに視線を走らせていた。サラリーマンらしい風体で、足許に鞄があった。

彼だ、松本に違いない。徐々に動悸が激しくなり、生唾を飲み込む。男の横顔を凝視する。

いや、そんなはずはない、と急いで否定する。背筋を伸ばして、片手で自分の頬を叩き、頭を軽く振った。

彼、松本真一郎は凛子の学生時代の同期生だった。凛子はこの夏で六十九歳になる。斜め前の男は二十代前半ぐらいだろうか、どう見ても若い。心のなかで苦笑しながら、それでも眼は男から離れなかった。

凛子の視線を感じたのか、男は顔を上げ、いぶかしげに凛子を見た。自然さを装って眼を逸らしたが、動悸は今まで以上に激しくなり、うろたえている自分を抑えるのに必死だった。

車内は効きすぎた冷房で半袖の腕が冷たい。鳥肌が立ったのは寒さの所為か、過去の幻影故か。

松本と別れたのは二十三歳の時。四十六年も前のことだ。それっきり今に至っている。

斜め前の男は少し首を傾げながら、再び凛子を見た。眉間を少し寄せ、胡散臭そうにもとの書類に眼を落とす。

やはり彼に似ていた。似ているというより、そっくりだった。別れた時の二十三歳の松本真一郎だ。

松本と凛子は四国の温暖な街で育ち、高校時代から交友を深めていた。大学を出たら結婚しようね、とふざけたふりをして言い合い、未来図を描き、お互いの家を行き来していた。今から思えば、ままごと遊びの延長のような交際だったが、高校卒業後も大阪市内の学校にそれぞれ進学した。松本は大学の薬学部に、凛子はデザイナー志望で服装学院に。

凛子は心斎橋筋で洋装店を経営していた叔父の家に下宿した。それが両親の条件でもあったが、松本の寮は難波球場の近くにあり、歩いて行き来できる距離だった。

休日は松本の寮で大半を過ごす。女人禁制の張り紙を横目で見ながら、何故か誰にも咎められることもなく……。

薬学部を出た松本は大手の製薬会社に就職した。

最初の二年間は会社直営の、千日デパート二階にある薬局に、研修という名目で派遣された。

凛子も同じデパート一階の洋装店に就職した。洋装店は従来のオーダーメードからレディーメードに切り替えようと必死の時期でもあり、デザイナーは人気の職業だった。

大阪ミナミの千日デパートは、デパートという名称だが雑居ビルで、一階から四階までは薬局、宝飾店、呉服屋、資生堂と大きな看板を掲げた化粧品店、アパレル系の服飾店など様々なテナントが入っていた。

五階は均一ストア、六階にはゲームセンターとボウリング場、七階はキャバレー、屋上には観覧車まであった。

集客数が特に多い、お化け屋敷と喫茶店を組み合わせた恐怖の館「サタン」は地下にあり、特に修学旅行生に好まれていた。

千日デパートは、立地条件が良かった。

大阪では有数の高地価と定評のある千日前交差点の角地で、建物は、大阪歌舞伎座が移転した後改装したもので、古かったが知名度があり、心斎橋、戎橋、道頓堀を含めて、季節を問わず賑わう一画だった。


その日夜十時、先に仕事を終えた凛子は、千日デパート直ぐ前の喫茶店《エル》で残業の松本を待っていた。デパートは九時閉店だったが、在庫整理とかで、彼から一時間ほど遅くなると連絡が入っていた。

いつも待ち合わせに使っている《エル》は、珈琲通が好むクラシカルな店で、夫婦で経営している。

「遅いですね」

マスターが笑顔で話しかけた。十時二十分、松本はまだ来ない。

ドアの隙間から何となく臭いが漂う。同時に、喫茶店の外のざわめきが膨れ上がり、異様な気配と一つになって喫茶店を包んだ。

緊張の走った顔で、マスターがドアを開けた。人々の叫びが黒煙と混ざって一度になだれ込む。凛子は飛び出した。

眼の前のデパートから黒煙と一緒に炎が激しく吹き上がっていた。

風に舞って火の粉が頬に当たる。炎が夜空を真っ赤に染めた。人々の叫び声が空気を揺るがし、炎と一緒に凛子の眼前を覆った。

凛子は震えて立ちつくしていた。炎の凄まじい勢いと火傷するほどの熱気、爆ぜる火炎はデパートを抱き込み、空まで焼き尽くす勢いだった。落ちて来る水の飛沫まで炎を映して、まるで地獄絵だ。

どれくらい待って消防車が来たのか、この辺りから時間の感覚がない。凛子の立っていた場所は危険だと、強制的に退かされ、見渡すと消防車が列をつくっていて、サイレンがビルに木霊していた。

どのようにして、いつ、何時に帰ったか定かでない。もし松本が逃げていたら、その足で叔父の家に尋ねて来る気がして、思考が混乱するなか、気が付くと家の前だった。玄関に叔父と叔母が立っていて、抱きかかえてくれた、という記憶だけが微かに残っている。

松本の姿はなかった。

一時間ほど横になっていた気がする。松本の会社から電話が入ったのは、未だ空が明けきらない時間だった。電話の男は、早口で用件だけを告げた。

デパート内は未だ鎮火していない。一週間いや一ヵ月は立ち入り禁止だ。松本君を捜している。薬局にはもう一人、うちの女子社員がいたが、彼女は退社していて無事だった。行方が分からないのは現在彼一人だ。見つかれば直ぐ連絡するように。

切れた受話器を握ったまま、凛子は立ち尽くす。松本は、結婚もしていない凛子の存在を、会社に話していたのだと初めて知り、涙があふれた。今その事実を知るのは酷だと思いながら。

首を振って涙を飛ばす。四国の松本の実家に電話をしなければと、気持を立て直す。

彼の母親は、電話を抱えていたかのように直ぐに繋がった。テレビのニュースで知り、直後から真一郎に電話していたが、未だ繋がらないと声を震わせた。

松本の寮の、薄暗い廊下に設置されたダイヤル式の黒い電話器が頭を過ぎり、急いで振り払う。凛子は言葉を繋ぎつなぎ、状況を説明した。

彼は残業のためデパート内にいたこと。まだ見つかっていないこと。でも、逃げる途中怪我をして、どこかの病院に収容されている可能性もあること。今日は病院を廻ってみます、と声だけは力強く言った。

だが話していると松本が見つからないのは、凛子自身の過失のような気持になり、私が付いていながらごめんなさい、と繰り返し、受話器に深く頭を下げていた。

暫くの間、絶句したかのように何も喋らなかった母親は、何度目かの凛子のごめんなさいの後、あなたに責任はないわ、とつぶやくように言い、主人と二人で直ぐに大阪に向かいます、と言葉を残し、電話は切れた。

負傷者を運び込んだ病院を捜して廻った。病院はどこもごった返していた。大勢の人が右往左往しているだけで、少しの情報さえ摑めない現状だった。

運び込んだ負傷者の名前も、死者の数さえ病院は、把握出来ていない状態らしい、と見知らぬ人が教えてくれる。

何度か火災の跡地を見に行った。遠巻きにロープが張り巡らされ、建物跡は未だくすぶり続けている。焼け爛れた臭いは強烈で、ハンカチで口を押さえたが眼まで沁みて、涙が止まらなかった。

ロープに寄りかかり、少しでも近くに寄りたいと歩みを進めるが、消防隊員と警察官がそこ此処に立っていて、近付くことは出来ない。

数日が経ち、十日が過ぎ、一ヵ月が過ぎても松本の行方は杳として分からなかった。彼の両親は一ヵ月以上大阪にとどまったが、何の情報も得られないまま、帰って行った。

凛子は職場を失い、叔父の洋装店を手伝いながら情報を追った。

千日デパート火災の詳しい様子は、連日報道される新聞紙上で知った。

……一九七二年五月十三日（土曜日）午後十時半頃発生した千日デパートの火災は、三階の改装工事中の衣料品売り場から出火した。原因は工事業者の煙草の不始末。二階、三階、四階が全焼。死者百十八名。負傷者八十一名。行方不明者なし。死者の多くは、七階キャバレーのホステス、従業員、バンドマン、客たちで、大半が煙による一酸化炭素中毒死。窓から飛び降りた二十四名のうち二十二名が死亡。多くのテナントの従業員は退社した後だった。亡くなったホステスの何人かは、幼い子どもを家に残していた。翌十四日は「母の日」だった。惨い事件だ、と新聞は結んでいた。

読む途中で自分の眼を疑った。行方不明者はなし、と書かれている。では松本はどこに消えたのか。二度三度と読み返し、からだ中の怒りが渦巻いた。

松本真一郎が行方不明だと、凛子はずっと訴え続けていた。彼を捜して下さい、と。だがどのように凛子が訴えても、残業で二階にいた人は、一人もいない、と突き放された。松本の会社は、残業の指示はしていない、と冷たく言われ、一人で旅行にでも行ったのでしょう、と取り合ってはくれない。凛子は食い下がる。火災の直ぐ後に、彼を捜している、と会社の方から電話がありましたが、あれはどういう意味だったのでしょうか、と。明快な答えが聞けぬまま、最後には会社から締め出された。

警察署も消防署でも、行方不明者はいないと最終結論を出したのはそれから程なくしてで、千日デパートは閉鎖され、間もなく取り壊された。テナントはすべて強制退去だと報じられた。

一年が経ち、千日デパートの跡地には草が生い茂った。

火災跡をわざわざ見学に来る人が後を絶たなくて、周辺には小さな店舗が何軒か並ぶ。

幽霊が出ると噂が広まった。心霊スポットと週刊紙が書き立てた。地下にあった「サタン」のお化けが夜な夜な徘徊するらしい、とニュースになった。お化け屋敷があったのは確かだが、心ない噂に凛子は胸が塞がる思いだった。

三年が過ぎ、跡地売却の話が流れる。ダイエーの名前が出ていると、叔父が新聞の記事を指差した。

火災から五年目の五月十三日、凛子は大阪を離れた。結婚したのは三十を過ぎてからだった。

車輌が小さく揺れ、官庁街の駅に止まった。男は鞄を片手にすらりとした身のこなしで、大股で降りた。

見つめている凛子の眼を気にしてか、さっと視線を流したが、言葉も匂いすらも残さず去って行った。

後ろ姿まで似ている、と凛子は未練を残す。

急に、松本真一郎さん？　と声をかけなかったことを後悔した。否定されることが分かっていても、男の声を聞きたかった。たった一言だけでもいいと、激しく思った。

大きく息を吐き、眼を瞑る。

まぶたの裏で炎が跳ねる。どす黒い赤に染まった炎の乱舞。火の玉が破裂して、夜空を裂く音が飛び散り、赤銅色に辺りが染まる。人々の顔も、街も、凛子自身の身体まで。

今まで何度この光景を見たことか。夢にも現れた。現にも。何十年経っても消えない、苦しく恐怖の幻視と幻聴だ。

突然眼の前に現れたのは彼の幻影だろうか。ひょっとして松本真一郎本人、いや、それはありえない。だが彼の子どもかも。生きていて、結婚して、年齢からすればぴったり一致する。本当に彼の子ども？　そこまで考えて、背筋を凍らせる。思わず腕をさすりながら、やはりあの男は松本真一郎本人だ、と断定した。幻となって凛子に逢いに来てくれたのに違いない。

今日は五月十三日だから、と暗い過去にすり寄った。

（了）

紅蓮の街

昭和十九年秋、母は三人の子どもを連れ、今まで住んでいた大阪から、母の実家である四国の徳島市に疎開した。

長女の私が五歳、四歳の妹、末の弟は産まれたばかり。赤紙を手にした父が、大阪は危ない、徳島なら大丈夫だろうとの配慮で決断したのだ。

母の実家は徳島駅からほど近い場所で、紡績工場を経営していた。だがすでに閉鎖されていて、広い工場の片隅で縄など編んで生活の糧にしていた。

母の両親は健在で長兄夫婦と子どもが一人。帰る場所のない女工が二人同居していたが、私たち四人が転がり込んでも、部屋も充分確保できる豊かさだった。

徳島は未だ比較的のんびりした空気が漂っていた。田舎町の空は朝と夕方だけB29の爆音が轟き、大阪方面に消えて行く。その時だけ、少しの不安を抱えて見送る毎日だった。

昭和二十年七月四日深夜、その夜空襲警報は一度も発令されず、突然、爆音と同時にすべての窓ガラスが壊れ、辺りが真昼のように明るくなった。照明弾に続いての激しい焼夷弾の嵐。家々が火を噴き、瞬く間に徳島市の中心地は炎の坩堝《るつぼ》と化した。

私は三日ほど前から麻疹《はしか》で床についていた。幼稚園も休んで、高熱と身体中の発疹で、薄めたお粥も食べられない状態だった。

母は弟を背中に、妹の手を引き、大声で私に声をかけた。「逃げなければ焼け死ぬ。早よう早よう」と。

私は家族と一緒に家を飛び出した。下駄を探したが見つからず、裸足で何も持たず、着古した浴衣一枚を素肌に着て、夢中で走った。

逃げる人の波に押され、気がつくと母を見失い、群衆に揉まれていた。皆の逃げる方に何も考えることなく、ただ前の人のお尻をみつめて走った。

人々は駅裏に広がる水田に避難した。私は大人の腰ほどの深さがあるため池に、見知らぬ人に引きずり込まれ、朝まで過ごした。ため池の泥水は私の顎まであり、溺れないように岸の草を必死に握っていた。

水田の向こう側に並んで建っていた家々が、次々と炎と同時に闇に消える。少し離れた場所に庄屋だろうか、大きな農家が建っていた。次はあの家だね、誰かの声が聞こえた。瞬間火の手が上がった。火の粉が花火のように舞う。家は藁くずが燃え落ちるようにふわりと炎の塊が大きく広がり、空も周囲もどぎつい赤色に染まる。だが瞬く間に闇に消えた。

ため池にも空気を裂くような音とともに焼夷弾が炸裂した。大勢の人の悲鳴と重なって人が倒れる。呻き声が不気味に広がる。私は怖さのあまり歯を食いしばり目を閉じていた。きつくつぶっているのに、目の奥で真っ赤な炎が踊っていた。

東の空が明らむ頃、B29は彼方に去った。

ここで何人の人が亡くなったのだろうか。動かなくなった人をその場に残し、人々はぞろぞろと移動する。いや、肉親だろうか。遺体を抱え泣き崩れる人もいて、だが人々は、明日は我が身と足早にその場を去った。

母とはぐれた私も、大勢の人の移行するに任せて一緒に歩いた。

時間が経つにつれて太陽が照りつける。夏の太陽は容赦ない熱で地面を焼き、両側は残り火がくすぶり続け、時々炎が上がった。

灼熱地獄のような場所にいて私は寒くて震えていた。怖さ故に、それとも熱が高かったせいだろうか。

随分歩いた。時間は分からなかった。太陽の位置も煙と煤が舞っているせいで、見通しが悪かった。

ほとんどの家が焼きつくされたと思っていたのに、田畑の真ん中に農家がぽつんと焼け残っていた。小さな川があり、水車が回り、農夫が野菜を洗っている。罹災者たちは我先にとその川の水を飲み、からだを洗う。私も這うようにして水辺に顔を浸け、夢中で飲んだ。

農夫が私を見る。

「どうしたんその顔、その身体。麻疹にかかっとんやな。焼け出されたんか。熱があるみたいやのに、このままではあんた死んでしまうでえ」

農夫は驚いた表情で、私の顔を覗きこむ。

「これは酷いな。ちょっと待っとり」

きつい徳島弁を言い残し、家に走り、おにぎりを一つ持って出てきた。

「せめて最後に米のめしでも食べとき」

私、死ぬのだろうか、このとき初めて思った。焼夷弾の中を逃げまどっている最中は何も考えていなかったのに、と先ほどまでと違った震えが全身を襲う。おにぎりを手にしても食欲がなく、いや食べる力がなく、ただ眺めていた。

両掌で包むように持ったおにぎりは、あっという間に誰かに取られた。私の掌に米粒を一つ残して。頭の中がからっぽになったようで、痛いとも、苦しいとも感じないまま、一歩一歩重い足を引きずるようにして歩いていた。

ただ無性に喉が渇いていた。いくら水を飲んでも乾きは消えない。

その夜は大勢の人に紛れて、見知らぬ農家の軒下で寝た。罹災者たちと一緒だったから淋しくはなかったし、子どもが一人でいることを誰も訝る人もいなかった。私は一晩中水だけを求めて喘いでいた。

燃え上がっていた火は鎮火したかに見えたが、いつまでもくすぶり続け、時々爆ぜた。強烈な臭いも依然としてあった。死んだ家畜の臭い、それとも人間の焼けた臭いだろうか。

数日間、焼け爛れた町を彷徨っていた。

下駄も履かず素足で歩いていた足の裏は、火傷がひどくなり、気がつくと独り取り残されていた。痛さよりも滲んだ血のりが恐ろしくて、道端に座り、足を眺めていた。涙も流れず、ただぼんやりと。

声を掛けてくれたのは片腕のない軍服を着た男だった。自分の手拭いを裂いて、私の足の裏に巻きつけ、縛ってくれた。水筒の水を飲ませてくれて、乾パン一つ握らせてくれた。先を急いでいるという男を見送り、二十人ほどの次の集団に紛れ込む。

母たちと再会したのは何日目か。焼け落ちた徳島駅の周辺を彷徨っていたときだった。

「生きとったんか」

母の感情のない声に、私もただ頷いただけで返した。

「明日になったらみんな死ぬ。もう一度敵機が来る。そのときは皆殺しや」

この時は誰もがそう思っていた。だが、空襲は一夜だけで終わった。

徳島駅は焼け落ち、繁華街は全焼。母の実家も、裏に続く紡績工場も、跡形もなく灰になっていた。

紡績工場と母屋の間に掘られた防空壕のなかで、祖父と祖母、女工が二人、折り重なって焼死していた。性別も分からぬほど黒焦げだったらしい。


（了）

鯖_{さば}

雲_{くも}

終戦から一年が過ぎ繭子は七歳になっていた。だが就学通知が来ないまま、小学校には通学していない。

戦禍によって焼き尽くされた街を、母と二人で逃げ惑い、辿りついたのが隣県のこの漁村だった。戦争は繭子から、家も街も戸籍まで奪っていた。

頼る人のないまま、父の戦友で旅館を営む男を訪ねて来たが、老夫婦がいるだけで、戸主である戦友も、繭子の父も、未だ戦地から帰って来てはいない。出迎えてくれた老夫婦は、この時世だからと同情の眼差しで、

「空き部屋があるから、息子が帰って来るまでならいいですよ」

と繭子たち母子を迎え入れてくれた。

その家は、旅館とは名ばかりの、今ではすっかり寂れ、波風に傷んだ漁師宿だった。だが、小さな手荷物一つしか持たない母子にとって、やっと行き着いた、生きていける場所だ。母の笑顔がはじけたのを繭子は見逃してはいない。

波の音を聞きながらあれから一年が過ぎた。太陽が燃え、海が滾り、この漁村に来たあ

の夏の日と変わらぬ一日が今日も始まる。

　夏休みのせいで海岸には、子どもたちの姿がちらほらとあった。友だちのいない繭子は、所在なさに砂を蹴る。

　母は朝から機嫌がよかった。部屋を片付け、廊下の拭き掃除も手際よく終えた。

「繭子、お昼御飯食べ終わったら、魚市場に行ってお魚貰ってきてね。頼んであるから。その後ゆっくり遊んでおいで。夕方までいいよ」

　魚市場まで海岸沿いに歩いて三十分はかかる。母は市場の男ともすぐ仲良くなり、愛きょうを振りまき、ただで魚を貰っていた。

　繭子は知っていた。今日母の所へやって来る男の客を。男は傷病兵だ。終戦前に戦地から帰っていた元漁師。父より若い男だったが、左腕が肩からなかった。

「わざと、遠いお使いをさせたんだ」

　何度もつぶやきながら、砂を蹴る。砂の熱さより、胸は何倍も複雑に痛んだ。

　波打ち際から松原に入る少し手前、立ち止まって辺りを見回す。この辺りだと見当をつけて、砂地を追う。消えかかっていたが、黒い血糊みたいなものが点々と未だに残っている。あの時の血だ、と退きながらも目は離さない。

一週間前この場所で、二十代後半の復員兵が、短刀のようなもので割腹自殺した。あの時間、繭子は母とそぞろ歩きをしながら、夕方の凪いだ海を見ていた。炎昼で火照ったからだを、海の癒しで鎮めようとしていた。

「助けてくれ……」

引き攣れた男の声で立ち止まる。砂が少し盛り上がった先に、腹を抱えた男が何か摑もうとしていた。砂の中に落とした何かを。

近づこうとした繭子を、母が強引に制した。男の腹から内臓のようなもの、あれは大腸だろうか、どろりと流れ出て、腸も辺りの砂も血で染まっていた。男は必死にそれらを摑み、腹に戻そうと、何度も繰り返しているのだった。

男は、殺してくれではなく、助けてくれ、と声をふりしぼり、最後に宙を舞った手は砂を掻き、動かなくなった。

繭子は最後まで見たわけではない。目を瞑り、耳を塞いで、無意識に首を左右に振っていた。しかし母が興奮気味に、後から来た人たちに声高に話すのを、震えながらすべて聞いていた。繭子が何より怖かったのは、目を瞑っても防ぎようのない臭いだった。男の腹から流れ出た臭いは、母が砂地を掘って埋めた、死んだ魚の臭いそのものだった。あの大量の魚は誰から貰ったのか。なぜ腐らせてしまったのか。突然過ぎった思いに臭気が被さり、男の断末魔の声に繋がり、せり上がってきた嘔吐でその場に吐いた。

静かだった砂浜に人の群れができ、男は戸板に乗せられ、群衆の手によって運ばれた。

この時期まだ新聞もなかった村に、流言か真《まこと》か定かでない噂が流れる。

男は復員兵。出征前に祝言を上げ妻になっていた女が、男が戦死したものと思い、男の弟と結婚していた。女のもとには男の遺品まで届いていたという。

繭子は、人の気配で顔を上げた。砂浜の道を塞いで、近所の女たちが額を寄せ合って話していた。繭子が側を通ると、話し声が止んだ。気にせず行き過ぎる。繭子の背に言葉が突き刺さった。

「ご亭主未だに連絡なしだって。復員はまだまだ先ね。あの奥さんも危ないねえ……」

母のことを噂しているのだと直感した。

足早に遠のき、振り返ると、女たちは肩をたたき合って笑っていた。哄笑が波の音に混じり、繭子に覆いかぶさる。

向きを変え、繭子はもと来た砂浜を駆けた。目の前に貼りつき、迫ってくる母の顔を凝視しながら。息が切れ立ち止まる。母の顔から逃げたくて、空を見上げた。

空はいつの間にか雲で覆われていた。この辺りの漁師がいう、鯖雲だった。

ふいに強い臭いが流れる。復員兵の体臭、いや内臓の臭い。腐った魚の臭い。母が埋めた鯖の臭いだ。貰った鯖を食べきれず穴を掘り埋めた、あの大量の鯖が一斉に臭いを出している。

繭子は玄関の戸に手をかけた。家の中からも、強烈な鯖の臭いが溢れ出た。


（了）

象のいた森

ヘリコプターの旋回音が静寂を破った。窓越しに見上げると、雲もない空は何処までも高く、吸い込まれそうなほど美しい。その空を掻きまわして、一機のヘリコプターがうるさく空気を揺さぶっている。私は青空に疵が付くのでは、と懸念し、マンションの十二階にある、自室のバルコニーに出た。

正午にはまだ少し時間があったが、八月の厳しい熱気と重い空気が私のからだに纏いつく。

しばらく佇み、辺りを俯瞰していると、風が優しさを運んできて、エアコンで冷やされたからだを撫でてくれる。今の私にとって微風は最高の慰藉だった。

マンションの北側は見事な眺望で、バルコニーの真下は視野の届く限り国有林が続き、視線を上げると公園墓地、その向こうに、尾根の間から見え隠れしている、光に反射したビル街が輝いている。

ヘリコプターは国有林の真上を旋回していた。音が一段と大きくなり、森から湧き出たような勢いで、ヘリコプターは二機になった。久しぶりにまた事件、いや事故だろうか？

と森全体を見降ろしながら、過去のニュースに思いを馳せる。

この場所に住み始めてすぐの頃は、国有林は死者の多い森だった。辛夷《こぶし》の木の枝で若い女がぶら下がっていたという話は、ここに住んで直ぐ、近所の住人から聞いた。今年に入って二人目よ、とその人は眉を寄せた。

一年ほど後に森の真上を今日と同じく、ヘリコプターが旋回した。音の大きさで異常を感じドアを開ける。森全体がいつもと違って緊張しているようだった。

翌日の朝刊に、車輌禁止区域なのに他県ナンバーの車が止めてあり、男が排気ガス自殺していた、との囲み記事があった。二十数年前の事なのに、ついこの間のように生々しく覚えている。

森は花火禁止だ。それでも夏の夜は、集まった若者が派手に打ち上げる。花火が引火して数人の若者が大やけどを負った事故は何年前だっただろうか。

タクシー強盗は記憶しているだけでも三度ほどあった。無理に森に車を入れさせ、金品を奪い、ときには殺人。犯人はそのまま逃走。闇の森は犯人が逃げるのを幇助したかのように、黙していた。犯人が捕まったかどうかは、今では私の記憶が曖昧だ。

ヘリコプターはそんな事故や事件の度に、我が家の上空を何度も旋回した。

この国有林は、いつの季節も散策している人をあまり見かけなかった。だからという訳でもないだろうが、どうして彼らの死に場所がここなのだろうか、とそのつど過ぎる思考に首を傾げ、緑豊かな木々を見渡す。ひょっとすると、樹木に宿った死者の霊が生者を手招くのかと、炎天の下、霊さえ包む陰がない今日の眩さに、苦笑した。

＊

名古屋市の高台にある、このマンションを購入してから二十五年が経つ。買った時のパンフレットには「アーバンとリゾートが同居するマンション」と謳っていた。

大理石の門柱が人目を引くマンションの玄関から、南に向かって坂道を歩いて三分ほど下り、住宅地を同じく三分足らず歩くとバスターミナル、エレベーターで下ると、地下鉄の駅になっている。駅周辺は昼夜問わず、乗り降りする乗客でいつも活気付いていた。

老舗のデパートがあり、テラスと名のついた洒落た商店街に繫がり、そのまま直進すれば動植物園の入り口に行き当たる。この動植物園も大きな森に包まれていて、スカイタワー、一万歩コース、テニス場とあり、リゾート地を思わせた。

周辺には大学、高校も点在して、時にはブラスバンドの演奏とかが校舎から流れ、音楽と混じって女学生の嬌声までもが、辺りを華やかにしていた。

南と北に森を配した地形のせいか、街の喧騒は丘の上のマンションまでは届かない。その裏の国有林は尚更の事、一年中黙したように静かだった。

＊

国有林は私にとって意味深い場所だった。マンションを購入したのも、パンフレットの謳い文句に踊らされたからではない。

昭和十五年私はこの国有林のすぐ東に位置する住宅地で生まれた。国鉄に勤めていた父の生家で、木々に囲まれた古い木造家屋だった。祖父はすでに他界していて祖母と両親、私の四人家族。継ぎ接ぎだらけの記憶しかないこの時代だったが、それでも木々の葉擦れのささやくような音は、今でも肌に感じることができる。

昭和十八年の晩秋、父に召集令状がきて出征。女が三人残った。祖母は五十を少し出ただけの若さなのに重症のリュウマチで、床を離れることが出来なかった。

戦果の報道は暗いものになっていた。国有林の様子も日々不安を煽った。

この時代の国有林は旧陸軍の支配下にあり、軍隊の射撃練習場と化していた。初めのうちは小規模だったものが、日増しに激しくなっていく。

私の朝の目覚めは高らかな軍靴の音で始まる。その後、耳をつんざく射撃音は日没まで続き、生活を脅かした。

母も祖母も、あの音を聞くと命が縮む、と両手で耳を押さえ時にはうずくまる。だが射撃の音よりも、私にはもっと大きな心配事があった。動物園の象がいつの間にか来なくなったことだ。

我が家から近く、子どもの足でも毎日通えた動物園に大きな象舎があった。戦禍の情報が激しく飛び交うようになったのと、動物園が閉鎖になったのと、どちらが先だったのだろうか。動物たちの噂さえ途絶えていたある日、地響きと共に、象が我が家の前をゆっくりと通ったのだ。

その日から決まって昼ごろになると、象が通る。道の両側の家々から大人も子どもも顔を出す。象は子象の時もあって、家の中にいても違いは足音で分かった。

道は決まっていて、飼育員が両側につき、平屋の並んだ住宅地を通り、国有林に入って行く。

「どこに行くの?」

知っているのに私は母に訊く。動物園以外の場所を象が歩いている不思議に、私は馴染めないでいた。

「象の餌が足りないから森に行くのよ。葉っぱとかを食べさせにね。それと軍馬が食べ残したお芋の切れ端が多く捨ててあるって、隣のおばあちゃんが言っていた。象さんお芋大好きだって」

「軍馬って何？」

「兵隊さんを乗せたり、兵隊さんの荷物を運ぶ馬のこと」

「象さんは餌がないのに、軍馬はどうしてお芋があるの。兵隊さんのお仕事をたくさんしているから？　象さんより偉いのかなあ」

母は微笑のなかに僅かに首を横に振って口をつぐみ、象を見送った。

象は足音だけでなく匂いも残した。私は動物園の懐かしい匂いを胸いっぱい吸って、足音が消えるまで窓からからからだを乗り出していた。

近所の子どもたちも、各自の家の軒下や窓から眺めていた。囃し立てる子どももいたが、飼育員は笑って手を振っていた。穏やかな時間だった。

戦局は逼迫《ひっぱく》していたが、父のいない淋しさも、食べ物が満足になかったことも、子ども心に何一つ覚えていない。きっと象の来る幸せに浸っていたからだろう。

演習が激しくなり象は来なくなった。餌はどうしているのだろうかと、私は一日中心配だった。

この時期、母は三人での疎開を考えたに違いない。だが一人で便所に行くこともままならない祖母を、連れていくことも残すことも出来ず、その上祖母がこの土地を離れることに反対で、死ぬのならこの家と一緒に、と呪文のように唱えていたからだ。

昭和十九年の早春、私だけが四国、徳島市の母の実家に引き取られた。

迎えに来た伯父は卓袱台の前に胡坐《あぐら》を組んで坐り、私の手をとり、徳島訛りで豪快に言った。

「名古屋は危ないけんど、まさか徳島には焼夷弾、落ちんやろ。大丈夫やで」

「お母ちゃんと一緒でなければ、いや嫌。絶対いや」

それまで母に何度も言い聞かされていた。戦争が終わったら必ず迎えに行くから、お母ちゃんの言うこと、きちんときいてね、と。分かっていたのに、どうしても離れるのは嫌だった。私は思い余って、思わず伯父の掌に思い切り嚙みついた。生温かい血が私の口中に広がる。何故かはっきりと覚えている。

その後母との別れの記憶は血の味に繋がって、気持ち悪さに唾を吐く癖が続き、周囲の大人たちにどれほど注意されたことか。

名古屋の空襲は、昭和二十年三月初めから六月中ごろまでで、六、七回以上爆弾、焼夷弾が落とされたらしい。特に三菱発動機第四工場がある母の住んでいた区は、焼夷弾の雨が降り、焦土と化し、死者の数も多かったと後になって知る。

春が過ぎ、夏が近づくにつれて徳島の街にも、毎日のように空襲警報が発令された。

B29が大阪、名古屋方面に飛ぶのを、伯父の家族と眺めたことも多々あった。

母の兄である伯父の家族は夫婦と子どもが三人。母方の祖父、祖母との七人暮らし。名古屋に住む母たちの安否を気遣ってくれたが、音信は途絶えたままだった。

七月四日の深夜、空襲警報も発令されないまま、徳島駅周辺から繁華街すべて、焼夷弾の炎に包まれた。伯父の家もその町も紅蓮の炎で焼き尽くされた。逃げ遅れた祖父母が、家の裏庭に掘られた防空壕に避難し、二人とも焼け死んだ。

十日ほどあとに伯父が見つけた時には、真っ黒焦げの遺体が折り重なって、性別さえ分からぬほど、腐乱していたという。

終戦を迎えたのは、伯父たち家族と逃げ延びた末の、四国山脈の山のなかだった。

終戦後、伯父は何度か名古屋に出向き、母たちを捜してくれたようだ。だがどれだけ捜しても消息は不明で、炎とともに消えたままだった。

父の戦死の知らせも、いつどこで受け取ったのか、その場に私がいたのか、夢の中の出来事のように、記憶が近付いては遠ざかる。

＊

小学校の頃、伯父に連れられて何度か名古屋に来た。

国有林周辺、特に東側に重点を置いて捜して歩く。焼け跡は歩けないほどの惨禍で、父の家も両隣も防空壕さえ消えていた。残骸だけが残る荒れ地には、戦前の面影は何一つない。近所の人たちの消息も、殆どの人が疎開していたためか、杳として分からなかった。

国有林のなかに足を踏み入れる。大きな森だったとの記憶は崩れ、焼夷弾によって焼け野原となった尾根は無残な谷をのぞかせ、赤茶けた土が干からびていた。焼け焦げた倒木が道を塞ぐ。依然として母の消息も分からぬまま、茫然と立ちつくしただけだった。

高校を出ると私は伯父の元を離れ、いつか名古屋で住みたいと思っていたのに、就職も結婚も東京だった。

定年を待たずに夫が亡くなり、子どもに恵まれなかった私は一人になって、この地で住む決心をした。だがそれよりも、国有林がずっと私を呼び続けていたから、吸い寄せられたのだ、と思っている。

マンションは私の望む位置、国有林を見渡せる場所で国有林と地続きの丘に建設中だった。終戦から四十五年目にして、名古屋に帰ってきたのだ。

入居後初めての春、国有林に足を踏み入れた。辺りは森閑として見知らぬ景色が広がっている。伸び放題になった樹木の間に、見渡す限り小さく区切られた畑があり、だがどの畑も雑然としたゴミ置き場になっていた。

枯れた菜っ葉類は、収穫されないまま地面に張り付いていた。古畳やタイヤなどが堆く捨てられている。ハエや蛾が一斉に飛び立ち、両手で払っても払いきれなくて、持っていたパラソルを振りまわす。朽ちて崩れかかった農機具置き場らしい小屋の、穴のあいた戸が半開きになり風に揺れているさまは、誰も人がいないだけに怖いものがあった。

近所の人の話によると、国有林は終戦後すぐ国が近在の住人に貸し出し、食糧補充のため野菜を作らせたという。一世代限りという厳しい条件をつけて。

月日は流れ、あの頃働き盛りだった人たちは、もう大半が九十歳を過ぎているだろう。しかし大部分の人が立ち退かないらしい。荒れてゴミの山になっていても、耕作する人がいなくても、土地に執着する人たちに、何故か怒りより憐れみを感じた。

汚く様変わりした森だったが、私は急かされるように歩き回った。母と祖母が焼夷弾に追われ、逃げ込んだ場所はこの国有林だと、根拠もないのに長い間ずっと思っていたから。

森は人の気配がないだけに、いつも不気味で、風の音にも怯えたり、足が竦んだりもする。だがゴミの山の横にミモザが群れて咲き、辺りを、いや空まで黄色に染めているのを見つけたときには、思わず歓声を上げた。

幽霊小屋のような朽ちた便所から、鼠が飛び出してきた時は、さすがに震えあがった。怯えながら何気なく小屋の裏に視線を這わす。そこに満開の雪柳が道を塞ぎ、屛風のような風情で咲き誇っていた。私は野生の強靱さと迫力に心を奪われ、思わず森に手を合わせていた。

見知らぬ鳥の鳴き声に吸い寄せられ、森のなかの湿地に佇んだことも度々ある。倒木と水草が生い茂り、鳥の楽園なのだろうか、今まで目にしたことがない野鳥が群れていた。ぬかるんだ湿地に靴を泥だらけにしながら、鳥たちに出会えた幸せを、頰を緩ませながらかみしめる。

春になると、幾種類もの桜が順を追って咲き乱れる。吹雪のように舞い落ちる花びらで、空も風も空気まで色づき、ゴミの畑も破れた小屋まで隠した。

肩や髪にまとわりついた花びらをいくつも持ち帰り、風呂に浮かべて独り楽しむ。

この季節、我が家からの眺めも見事なもので、バルコニーから見下ろすと、そこはピンクの絨毯を敷き詰めたようになり、色をこぼさぬように瞬きを止めた。

麗《うら》らかな明るい光に満ち溢れた、こんな華やかな季節でも、やはり森は静かさのなかに沈んでいた。時々風に乗って公園墓地の彼方から、花見客の狂騒と、千切れて飛んで来た歌謡曲が、思い出したように流れてきたが、静寂さを一層深くしたにすぎない。

しばらく住んでみると、意外な発見に私の心は浮き立った。森は予想に反して賑やかなことを知ったのだ。

季節毎の小鳥のさえずりは寝室まで届いて、目覚まし代わりに私を起こす。風に応える木々も、植物の樹液の匂いも、流れる空気も、遮るものがないだけに私のもとに飛び込んできて、部屋はいつも森の生気で賑々しい。

もっと賑やかになるのは月齢0・1の月が覆う夜だ。森は闇を抱き込んで静まり、木々も空気までも漆黒となる。マンション側からの淡い光を受けたバルコニーの周辺だけが、辛うじて薄鼠色に滲んでいた。風が密やかに吐息するこんな夜は、生者だろうか死者だろうか、複数の気配が私を取り巻いて乱舞する。私はバルコニーに置いた籐椅子に坐り、満ち足りた気持ちで長時間赤ワインを飲んだ。

気配は忘れ去っていた遠い昔の懐かしい匂いを伴って、風の動きに合わせ移動した。その匂いにたまらない郷愁を感じて、気配と会話したいと目をつぶって待つと、再び籐椅子の周りを浮遊するのが分かる。目を開ける。瞬間、気配は鋭い速さで谷底まで降りてしまい、後に匂いだけが残った。

＊

国有林の中に、物々しい看板を見つけたのは五年ほど経ってからで、立ち退き命令の厳しい条令が書かれていた。畑の区分ごとの立て札にも同じ文面があり、しかし整地は一向に進まなくて、荒れた状態が続く。

整備された区間が、少し目につくようになってきたのは、立て札を最初に見てから、一年ほど過ぎたころだっただろうか。

中央の谷底に当たる場所に道が整備された。湧水が道に沿って溜まり、辛うじて川の形を成していた。

だがまだ大方の場所は雑草が生い茂り、倒木が往く手をふさいでいる。ゴミの山にハエが群がっているのもいつもと同じ光景で、その度私は逃げるようにその場を離れ、性懲りもなくまた出向くという日々を送っていた。象の通った道を捜すのも困難だと、何度もくじけながら。

＊

六月半ばのその日、今にも雨が落ちてきそうな昼下がり、国有林の東の端にあった池を捜して歩いた。今まで夢に何度となく出てきて、うなされ、寝汗をかき、現に涙した池だった。池のあった場所は、うろ覚えだがだいたいの見当はついていた。だがその場所は、今まで何度もあきらめて引き返したほどの樹林で、鬱蒼とした木々に覆われ、倒れた大木が朽ち果て、あらゆる所から若木が生え、つる植物が絡んで、先が見通せないほどの闇が広がっていた。この時期、時々見かける蛇を気にしながら勇気を振り絞って歩き、執念の末、池を見つけたのだ。胸が高鳴る。戦争がまだ激しくなかった頃母と遊んだ池だ、と直感した。

この池の地下から湧き出ていた真っさらな水は、空を映していつも透き通っていた。象が水を飲んだのもきっとここだろう。懐かしさと、胸に渦巻いている鈍い痛みの感覚を、しっかりと抱きしめながら、池の周辺にバリケードを張ったように群生している、雑草を踏みしめた。

池は記憶していた大きさの三分の一ほどになっていた。倒木が何本も水の中に沈んでいる。大量の病葉が水面を覆い、澱んだ褐色の水が幕を張ったように動かない。

立て札があった。

『奥池の鉛注意。水に触れないように』

奥池と名前がつけられていた池は、あの空襲の日、逃げ惑った人たちが水を求めて辿り着いた池に違いない。けれど焼夷弾が空を覆い尽くした国有林は、木々が燃え、草が燃え、生者は殆どいなかったと聞いている。

鉛は不発弾から流れ出たものか。それとも射撃の弾の残骸か。澱んだ水に憤りを感じながら佇んでいると、象の鳴き声が耳の奥で木霊した。空耳と分かっているのにからだを硬くして聞き耳を立てている私がいる。

象は餓死もせず、毒殺もされずに、飼育員たちの努力で戦後も生き延びたと聞いている。母と祖母はこの水の底に埋もれ、土となっているに違いない。池を見つけた時から、確信に変わった答えが大きく渦巻く。鉛が溶け、濁り、錆びついて見える水面を私は暫く見つめていた。

＊

梅雨入りだろうか、いつの間にか霧雨に辺りは煙って、日照りで枯れかかり、捨て置かれた風情の草までが、頭を持ち上げていた。

国有林は遅々としてだが、年ごとに整備されていく。畑の所有者の立ち退きも、その後の年月の間でどうにか完了に近く、悪いニュースは聞かなくなった。

ほっとしていたそんな矢先、死者が出た。マンションに住んで十余年が経っていた。風に舞ってみずれの降る日、最後に残っていた壊れかけの小屋で、浮浪者らしき人の死体が見つかったのだ。小屋がまだ残っていたことに私は驚き、胸のなかに何かが突き刺さった。

すべての朽ちた小屋が無くなったら、永久に母は見つからないのではないか。いや母が小屋にいるはずがない。小屋は戦後に建てられたものだ。分かっているのに足が震えた。池の底に必ず埋もれていると、あれほど思ったにもかかわらず、思いは絶えず揺れて、公園が整備されたら、母を見つけることは絶望だと、心のどこかで思っていたからだろう。この森にすがる気持ちが消えるどころか、炎となって燃え盛っていく自分に、鳥肌が立った。

*

国有林は整備され『くらしの森』と名付けられた。ユーカリの林もオタマジャクシの池も出来た。

中央の谷間に、東西に流れる小川のせせらぎは、湿地帯の横を流れ、西の端にある大坂《おさか》池に流れ込む。洒落た山小屋風の休憩所も建った。

野生そのものだった四季の花々も木々も、違った場所に植え替えられて、手入れされ、新しい姿をみせた。急に優等生ぶった植物の顔が並ぶ。

ミモザの林がいつの間にか消えていた。噂ではどこかの造園業者が、忍びで、根から引き抜いて持って帰ったとか。

雪柳、辛夷、椿、桜、桃、連翹《れんぎょう》などは、新しく整地された場所で、行儀のよい、見知らぬ体裁を繕って、凛と天を仰いでいた。

紅梅、白梅等の何種類かの梅は一か所に集められ『梅園』と書かれたプレートが立った。競うように花々が背伸びする。

私は散策のたび身勝手にも淋しさを感じて、今のこの場所はお気に入りですかと、それぞれの花に話しかけ、樹木の幹に掌を重ねる。

奥池も綺麗になった。倒木が片づけられて池までの道がつき、注意札の『水に触れないように』の立て札は、いつの間にか消えていた。昔の透明感のある水には程遠かったが、褐色の水の澱みが少しなくなり、辺りはいつも光が跳ねていた。

変わらないものもあった。静けさと、このマンションに住みだした当初から感じる、森にうごめく気配だ。未だに濃厚に身近に迫って来て、その度ごとに私は一方的に言葉をかけた。

バルコニーに気配を覚えると、はーいと大きく応え、ガラス戸を開けるのは今では日常になっている。瞬間真下の森で象の足音が聞こえる。象が母を連れて来てくれたのかと見渡すが、気配は空中分解して、名も知らぬ鳥のさえずりだけが響いた。それだけではなく、懐かしい匂いが残ることが多かったかも。

国有林の空が夕焼けに染まるとき、色の一つひとつを分析するのも、いつの頃からか私の癖になっている。遠い日に見た空襲のときの空は、どぎつく染まった夕焼けにあまりにも似ていたから。

爆音が空を覆った日、街も我が家も、真っ赤に染まった。防火用水の水まで赤かったと、混濁のなかにも記憶としてしっかり残っている。

真昼の明るさだと錯覚した照明弾の色は、太陽の色だった。晩秋の夕焼け空に似て、目に痛いほどの輝きで街を包みこむ。

焼夷弾の破裂する色は紅蓮の赤だ。強烈な色があちらこちらで炸裂し、目をつぶっても見えるほどだった。この色の夕焼けが消えずに空に貼りつくと、私の胸の痛みの塊が、過去へと揺曳した。

オレンジがかったどす黒い赤系統の夕焼けは、家々が燃え盛る色だ。火の手が上がると、火の塊は大きく空に伸びて、いびつな形になり、見ている間に崩れ落ちる。最後は赤い小さな塊だけになった。

朱色と国防色を混ぜ合わせた色に、西の空が染まる。この色は人の肌が焼ける色だと、誰かが教えてくれた。いや全身火傷をおった人の肌を、確かにこの目で見て、覚えている。多くの人が広島から徳島へ逃げて来た。ピカドンの悲惨な罹災者を、あの頃毎日見ていた。

あれから長い年月が経ったのに、未だに夕焼け空にからだが竦み、急いで両手を合わせ、そのあとしばらく見入ってしまうのだ。

今日の夕焼けは紫色が滲んでたなびいていた。母のもんぺの色だと気づく。

＊

二機だったヘリコプターがいつのまにか三機になっていた。数台のパトカーのサイレンが森を揺るがす。飛びたつ鳥もいて、辺りは騒然となった。

国有林の東の方が騒がしい。奥池の周辺だろうか。私は落ち着かなくなり、バルコニーの手すりに両手でつかまって、つま先立った。手すりが火傷をするほど熱い。子どもの時の熱さの記憶が脳裡を揺さぶる。破裂する焼夷弾の熱砂。道の両側が燃え盛るなか、炎天下を裸足で逃げまどった熱地獄。それらから派生する熱への潜在意識。

空気の流れが顔を掠め気配が動く。奥池が目の前に迫り、手招く。池までの距離も、マンションの高さも充分あり、木々が邪魔をして池は見えないはずだ。

人骨だ、と誰かの声。聞こえるはずはない遠さだと、打ち消す。

古い骨だ、と今度は風が言う。風の声は確かだ。

頭蓋骨は二つ。鳥が教えてくれた。

気配は波打つように浮遊した。少し澱んだ水の匂いと爛れたような匂いが、熱風を抱き込んで、私を包む。

彼方から鋭く象の鳴き声が響いた。得体の知れない闇を抱き込んだ象の鳴き声は、私の頭のなかで増幅する。

玄関のドアを開け、私は震える指でエレベーターのボタンを押した。


（了）

〈著者紹介〉

宇佐美宏子（うさみ　ひろこ）

1940年　徳島県徳島市に生まれる
1980年　眼科医の夫と名古屋市へ　名古屋駅前で開業
1987～1991年　「作家」同人
1993～2012年　「カプリチオ同人」
2015年～　「海」同人
中部ペンクラブ会員
愛知県芸術文化協会会員
宇佐美眼科事務長
著書『情念川』『秘色』『裸身』

湿った時間

定価（本体1800円＋税）

乱丁・落丁はお取り替えします。

2020年5月18日初版第1刷印刷
2020年5月30日初版第1刷発行
著　者　宇佐美宏子
発行者　百瀬精一
発行所　鳥影社 (choeisha.com)
〒160-0023 東京都新宿区西新宿3-5-12トーカン新宿7F
電話 03-5948-6470, FAX 03-5948-6471
〒392-0012 長野県諏訪市四賀229-1(本社・編集室)
電話 0266-53-2903, FAX 0266-58-6771
印刷・製本　モリモト印刷

ISBN978-4-86265-806-7　C0093

宇佐美宏子 著　好評発売中

裸身

「天の真折《まさき》を蔓《かずら》として、天の香具山の小竹葉《こさば》を手草《たぐさ》に結《ゆ》ひて、……胸乳《むなち》をかき出て裳緒《もひも》を陰《ほと》に押し垂れき」（『古事記』）

『裸身』という作品が、直に想起させたのは、天宇受賣命が乳房と女陰を晒しながら天照大御神を天の岩屋戸から呼び出す姿であった。ここには女のエネルギーが男を暗闇から光へと呼び起こす姿の原型がある。（青木健・評）

一八〇〇円＋税